U0438867

蛋仔三国演义

1 英雄崛起

〔明〕罗贯中 原著

李天飞 编著

人民文学出版社

图书在版编目（CIP）数据

蛋仔三国演义．1，英雄崛起／（明）罗贯中原著；李天飞编著．－－北京：人民文学出版社，2025．
ISBN 978-7-02-019366-0

Ⅰ．I242.4

中国国家版本馆CIP数据核字第2025UZ0347号

责任编辑　张　宇
装帧设计　刘　远
责任印制　王重艺

出版发行　人民文学出版社
社　　址　北京市朝内大街166号
邮政编码　100705

印　　刷　北京博海升彩色印刷有限公司
经　　销　全国新华书店等

字　　数　156千字
开　　本　710毫米×1000毫米　1/16
印　　张　12.25
印　　数　1—10000
版　　次　2025年8月北京第1版
印　　次　2025年8月第1次印刷

书　　号　978-7-02-019366-0
定　　价　54.00元

如有印装质量问题，请与本社图书销售中心调换。电话：010－59905336

目录

引子 ········ 002

第一章
宴桃园英雄三结义 ········ 004

第二章
猛张飞怒鞭坏督邮 ········ 012

第三章
十常侍设计杀国舅 ········ 019

第四章
得吕布董卓霸京城 ········ 027

第五章
智曹操巧献七星刀 ········ 035

第六章
曹孟德错杀吕老伯 ········ 043

第七章
关云长温酒斩华雄 ········ 050

第八章
虎牢关三英战吕布 ········ 058

第九章
藏国玺孙坚散盟军 ········ 066

第十章
争河北袁绍战公孙 ········ 075

第十一章
王司徒巧使连环计 ········ 083

第十二章
吕奉先倒戈除董卓 ········ 091

第十三章
病陶公三让徐州牧 ········ 098

第十四章
鲁张飞醉酒失徐州 ········ 105

第十五章
小霸王大战太史慈 ········ 112

第十六章
猛吕布射戟辕门外 ········ 119

第十七章
曹操落败丢失宛城 ········ 126

第十八章
吕奉先殒命白门楼 ········ 133

第十九章
董国舅密受衣带诏 ········ 141

第二十章
曹孟德煮酒论英雄 ········ 148

第二十一章
讨曹贼袁绍怒起兵 ········ 155

第二十二章
屯土山关公约三事 ········ 163

第二十三章
关羽斩颜良诛文丑 ········ 170

第二十四章
关云长千里走单骑 ········ 177

第二十五章
会古城三兄弟聚义 ········ 186

引子

东汉末年，天下纷乱，群雄并起。

一天清晨，涿县城外突然出现一台奇怪的机器，没过多久，周围就聚满了好奇的百姓。大家眯着眼睛打量着这个庞然大物，不时低声交头接耳，议论纷纷。

突然，机器发出一阵轻微的嗡鸣声，随即，六个可爱的蛋仔从机器中蹦了出来。蛋小黄和蛋小绿一脸茫然，圆溜溜的大眼睛四处张望，似乎对周围的一切都感到好奇；蛋小粉、蛋小黑和蛋小红兴奋地跳跃着，脸上满溢着探险的喜悦，学霸蛋小蓝则一如既往地淡定。

"我们这是来到了什么地方啊？"蛋仔们都好奇极了。

蛋小绿拉住一个看热闹的大嫂："请问这是哪里啊？"

"幽州的涿县啊！"大嫂摸了摸她的头，笑着回答，"这不，朝廷刚贴了告示要征兵对付黄巾军呢！"

蛋小黄从地上捡起一枚五铢钱："黄巾军？我知道了，原来我们穿越到了东汉末年！"

蛋小红激动不已："那我能见到张飞吗？"

"快走快走，我都要等不及了！"蛋小黑嚷嚷道。

于是，蛋仔们的三国之旅就这么开始了！

第一章
宴桃园英雄三结义

涿县的募兵告示，是幽州太守刘焉下令贴出的，因为最近境内很不太平，有不少出身于黄巾军的盗贼作乱。

东汉末年桓帝、灵帝时期，宫里宦官的势力很大，为首的有张让、赵忠、曹节等十个人，号称"十常侍"。汉灵帝受他们的摆布，朝政一天不如一天。社会从上到下，十分黑暗腐败。再加上天灾怪事不断，这里发大水，那里闹地震，闹得人心惶惶。有一次，全国又出现了大瘟疫，病死的人不计其数。当时的人迷信，认为这都是要亡国的不祥之兆，于是天下人心不定，盗贼趁机四处作乱。黄巾军就是这时候兴起的。

黄巾军的首领是巨鹿郡的张角、张宝、张梁三兄弟。据说，张角有一天到山里采药，遇到一位仙风道骨的老人。老人自称"南华老仙"，把他带到一座山洞里，给了他三卷天书。

张角仔细地研读天书，从里面学会了许多神奇的法术。这故事到底是真是假，谁也说不清。但张角的医术倒真的很高明，在大瘟疫中救活了不少人。时间一长,他们在民间的威望就越来越高,有很多老百姓追随他们。张角趁机把这些人组织到一起,起兵造反,士兵们都用黄巾包头,号称"黄巾军",没过多久,全国都响应了起来。

在当时的东汉朝廷看来,黄巾军当然是叛逆的"盗贼",况且他们其中有些人确实不分好歹烧杀抢掠,跟强盗也没什么区别。朝廷于是赶紧发兵镇压,没想到各地的黄

天书不可泄露。

老仙,有好东西就别藏着了!

此话不可信!

嗯?嘿嘿!

巾军像潮水一样，官军根本抵挡不住。大将军何进慌了神，只好下令让各州郡自己组织兵力抵抗。各州郡于是纷纷张贴出告示，招兵买马。幽州涿县的这张榜文，就是这时候贴出来的。

这一天，涿县老百姓正围在一起看榜文，人群后面出现了一个身材健壮的汉子，脸色白净、双耳垂肩、胳膊长长的，很是引人注目。看着看着，只听他忍不住长长地叹了一口气。

这时身后响起一个雷鸣般的声音："哼！男子汉大丈夫，不能为国家出力，怎么还唉声叹气？"

白净大汉一回头，只见身后站着一个黑黑的彪形大汉，比自己足足高出一头，豹头环眼、燕颔（hàn）虎须，十分威武雄壮。他走上前去拱了拱手："我叫刘备，字玄德，听你口气，像个英雄好汉，咱们到酒馆里聊聊如何？"

两人就进了路边一个小酒店，要了点酒菜，边喝边聊。原来这人叫张飞，字翼德，以杀猪为生，家底殷实，很喜欢结交江湖好汉。刘备觉得他为人豪爽，就对他说了自己心中的抱负。

小黄： 古代的名和字难道不是一回事儿吗？都把我搞糊涂了！

小蓝： 名是出生时起的，而字是成年后取的。长辈称呼晚辈名，平辈之间称呼字，这是中国古代的礼仪，可不能乱叫啊！

第一章
宴桃园英雄三结义

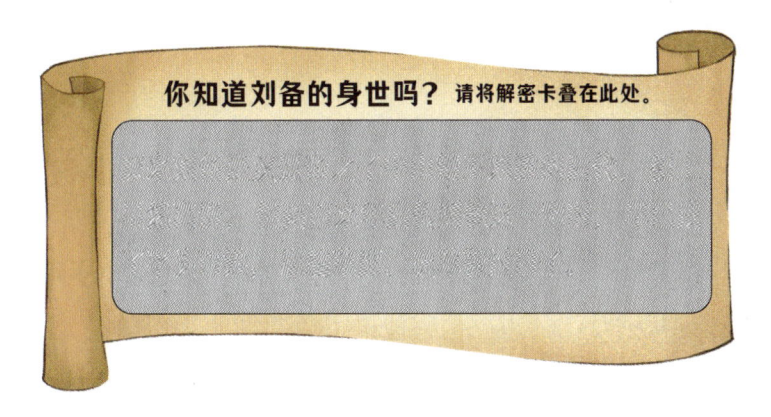

> 你知道刘备的身世吗？请将解密卡叠在此处。

刘备从小就有大志向，也结交了许多豪杰名士，一心想干出一番大事业。张飞听得兴高采烈，两人你一杯我一杯正喝着，忽然门口来了一个大汉，推着一辆车子。他把车子一放，进店来喊道："酒保，快倒酒来！等我喝完了，好去城里投军！"

刘备仔细一看，这大汉身材比张飞还要高大魁梧，面如重枣，

丹凤眼、卧蚕眉，尤其是垂在胸前的一把大胡子，足有二尺长，威风凛凛，相貌堂堂。刘备心里暗暗吃惊，就请他过来一起坐，问他姓名。那人说："我叫关羽，字云长，河东解良（今天的山西省运城市）人。当地有个豪强仗势欺人，我一怒之下把他杀了，因此在江湖上逃难，流浪了五六年。听说这里招兵，特地赶来投军。"

刘备就把自己的志向也跟他讲了，关羽一拍桌子："太好了，我从此就追随你，跟你去干大事！"张飞说："我有一处庄子，庄子后面有一座桃园。我看不如这样，咱们就在桃园里祭告天地，三人结为兄弟，同心协力，一起干事业，怎么样？"刘备和关羽都十分赞成。

第二天，三人就来到张飞的桃园，这时候正赶上春天，桃花怒放，开成了一片花海。张飞在桃花林里摆下祭品，杀了一头黑牛，一匹白马，三人点起香来，一同跪在地上，齐声对天地宣誓："起誓人刘备、关羽、张飞，我们三人虽是异姓，今天要结为兄弟，同心协力，扶危救困；上报国家，下安百姓。不求同年同月同日生，只愿同年同月同日死！"

宣誓完毕，三人论起年纪，

小黑：古人为什么喜欢结拜？

小蓝：古代普通人的力量太弱小了，需要用兄弟的名义紧密地联系在一起，才能做大事。

第一章
宴桃园英雄三结义

刘备是大哥,关羽是二哥,张飞为三弟。关羽、张飞齐声喊了一声"大哥!"双双拜倒,又给刘备行礼。刘备赶紧扶起两位兄弟,六只手紧紧握在了一起。三个人只觉得热血沸腾,豪情满怀。

祭奠完了天地,三人又杀牛摆酒,邀请同乡的壮士们都来赴宴,聚集了三百多人,拉起了一支队伍。只是人手虽然够了,却没有马匹兵器,这怎么打仗呢?刘备很发愁。

正在这时,富商苏双、张世平正好路过,刘备把他们请到庄上来做客,好吃好喝地招待。一聊起来,这两个商人满肚子苦水。苏

双说:"我们是中山(今天的河北省)人,经常去北边草原上买马。这条路上原本很太平,最近强盗出没,不是劫财,就是害命,官府也睁一只眼闭一只眼,我们被他们害苦了!"

刘备把这三百壮士指给他们看:"我们征募义军,就是要跟这些强盗干到底!可惜缺少物资,还不能上阵打仗。"苏、张二人高兴极了:"太难得了!送你们好马五十匹,金银五百两,精铁一千斤,算是我们过往客商的一点心意!"刘备高兴坏了,有了马匹军资,队伍一下子壮大起来了。

刘备请来铁匠打造兵器。关羽打造了一杆大刀,取名"青龙偃(yǎn)月刀";张飞打造了一条长矛,取名"丈八蛇矛"。刘备自己则打造了两口宝剑;三人又置办了全身铠甲,招募来的勇士也增加到五百名,一行人浩浩荡荡前去投奔幽州太守刘焉。

刘焉正愁缺兵少将,一看来了这样一支精兵,当然十分高兴,况且刘备和他还是同宗,一番寒暄后,刘焉认刘备为侄子,把兄弟三人留在身边。

就这样,刘关张兄弟三人,在平定黄巾军的战场上东挡西杀,立下了许多功劳,三兄弟的名声渐渐响亮了起来。

好重的箱子!

第二章
猛张飞怒鞭坏督邮

刘备拉起队伍之后没多久，果然有一伙黄巾军前来抢掠涿郡，领头的叫程远志。刘备带着关羽、张飞，出兵迎战。

程远志的副将邓茂一马当先，朝刘备杀来。张飞挺起丈八蛇矛挡住，只一矛就刺中了邓茂的胸口，把他挑落马下。程远志见状大吃一惊，连忙拍马舞刀，冲向张飞。关羽抡起大刀，从旁边冲出，拦住他的去路，只见关羽大刀一挥，程远志措手不及，被砍为两段。

其他的人见主将死了，纷纷逃跑。刘备率军追赶，大获全胜。

第二天，刘焉接到青州太守龚景的告急文书，说青州城也被黄

冲啊！

第二章
猛张飞怒鞭坏督邮

巾军围困，十分危急。刘备于是主动要求前去助战。

刘备到了青州城外，发现敌军人多："贼众我寡，必须用奇兵才能取胜。"他叫关羽带领一千人马，埋伏在一座山的左边；张飞带领一千人马，埋伏在山的右边。刘备自己带着一支队伍，故意大喊大叫地杀上来。

敌兵果然中计，出营交战。刘备假装打不过，转身就跑，敌兵在后面紧紧追赶。到了山脚下，只听杀声震天，关羽、张飞一齐冲出，刘备也转身迎战。三路人马夹攻之下，敌兵抵挡不住，很快败下阵来。这时候，青州太守龚景也带着民兵出城助战，把剩下的黄巾军杀散了。

这段时期，其他地方也有很多人拉起队伍，清剿黄巾军。其中就有时任骑都尉的曹操、任中郎将的董卓，以及来自江东的孙

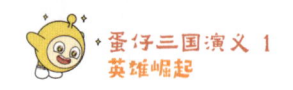

坚。这些人在扫荡黄巾军的过程中，自己的力量也渐渐壮大了起来。

过了几年，各地的黄巾军渐渐被平定，朝廷论功行赏，曹操、孙坚等人本来家里就有势力，自然各自高升。只有刘备没有靠山，被派到定州中山府安喜县（今天的河北省定州市东部）做了个小小的县尉。

刘备带着关羽、张飞来安喜县任职，他治理有方，为政清廉，很受老百姓爱戴。

有一天，上面派来一位督邮到安喜县视察。刘备得知后赶紧出城迎接。

来到城外，就见督邮骑着马，前呼后拥地来了。刘备赶紧上

第二章
猛张飞怒鞭坏督邮

前行礼，没想到督邮高高地仰着脸，看都不看刘备一眼，只拿手里的马鞭晃了几下，就算答礼，然后带着随从一窝蜂地进城了。关羽、张飞都气坏了，但也只好忍着。

小黑：督邮是邮递员吗？

小蓝：不是的，督邮是郡里的官员，代表太守到下面各县去督察，传达命令，也管审案子、抓盗贼。

督邮来到馆驿，高高地坐在大堂上，问道："刘县尉，你是怎么当上的这个官儿啊？"

刘备连忙说："我是中山靖王之后，讨伐黄巾军，大大小小打了三十多场仗，攒了些功劳，这才得到了这个职位。"

督邮哼了一声，大声说道："你冒充皇亲国戚，虚报功劳。现在朝廷有令，就是要清查你们这些冒名的败类！"

刘备吓了一跳，不知道怎么回事，只得施礼退了出去。回来和下属一商量，有个老县吏就说："我知道，他故意抖威风，是在向您索要贿赂呢！"

刘备发愁了："我对老百姓秋毫无犯，哪里有钱贿赂他呢？"

第二天，督邮就把老县吏叫去了，逼着他诬告刘备欺压老百姓，老县吏不肯，督邮就把他关在馆驿里。刘备几次想去求情，都被督邮手下人挡住，连门都不许进。张飞听说后，更生气了。

这天，张飞喝了几杯闷酒，骑着马出来，正好从督邮住的馆驿前经过，就见五六十个老人聚集在门前，边说边哭，一个个十分伤心。

张飞下了马，问他们怎么回事。众老人说："督邮逼着县吏陷害刘大人。我们听说了，都来求告。没想到督邮不但不放我们进去，反而叫手下人把我们打了出来！"

张飞气炸了，他圆睁着眼睛，咬牙切齿地说："看我来收拾这个狗东西！"

他一头冲进了馆驿，看门的人连忙阻挡，被他一把推到旁边去了。

张飞直奔后堂，见督邮正坐在厅上，老县吏被绑着倒在地上。张飞大喝一声："害民的狗贼！认得我吗？"

督邮抬头一看，见冲进来一个黑壮大汉，还没来得及说话，就被张飞揪着头发，从馆驿里拖到了县衙大门口。

张飞把督邮捆在大门前的拴马桩上，从旁边的柳树上折下几根柳条，朝着督邮腿上狠狠地抽打。噼噼啪啪，一连打折了十几根柳条。打得督邮吱哇乱叫，哭爹喊娘。

第二章
猛张飞怒鞭坏督邮

刘备正在家里发愁，就听大街上吵闹起来，有手下来报告："张将军不知道为什么，把一个人绑在县衙前痛打。"

刘备吓了一跳，连忙跑了出去，就见张飞拿着柳条，还左一下右一下地抽呢。仔细一看，挨打的那个人，竟是作威作福的督邮。

刘备连忙阻拦："三弟，你要干什么？"张飞说："这样害民的狗贼，不打死还等什么？"督邮见刘备来了，连忙哀告："玄德公，救命啊！玄德公，救命啊！"

刘备心软，连忙让张飞住手。关羽在旁边说："大哥，你立了

玄德公，救命啊！

打得好！

坏蛋！

这么多大功，才当了个县尉，现在又被这个督邮侮辱。待在这种地方有什么意思？不如把这个狗官杀了，咱们另寻出路！"

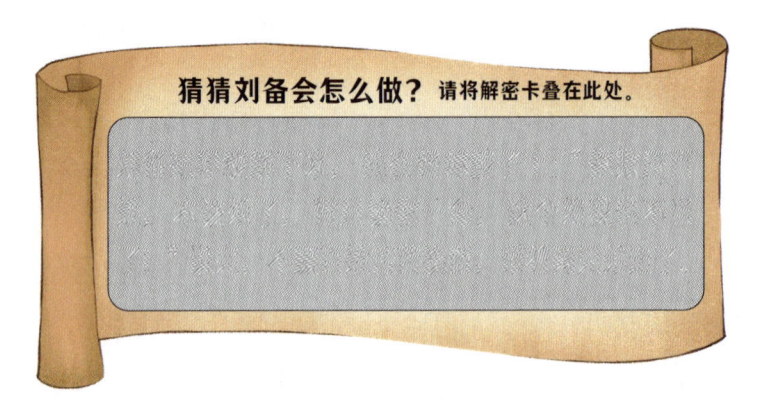

猜猜刘备会怎么做？ 请将解密卡叠在此处。

刘备兄弟三人离开安喜县，无处可去，只好投奔代州太守刘恢。刘恢又把他们推荐到幽州牧刘虞那里。三人帮助刘虞讨伐黄巾军，立下了许多功劳，刘虞趁机表奏，朝廷因此赦免了他们鞭打督邮的罪过。后来又经北平太守公孙瓒保举，朝廷任命刘备为平原县令。

小黄：印绶（shòu）是什么？

小蓝：绶是系印信的丝带，官员平时要挂在腰间。不同颜色和长度的丝带，代表了不同的官职等级。

第三章
十常侍设计杀国舅

黄巾之乱渐渐平息，但汉灵帝也生病了，而且越来越重。有一天，他觉得自己快不行了，就召集十常侍嘱咐后事。他有两个皇子，一个叫刘辩，一个叫刘协。汉灵帝偏爱刘协，想把他立为太子，让他继承皇位。十常侍里的蹇（jiǎn）硕对汉灵帝说："如果要立刘协为太子，必须先除掉何进，以消除后患。"

何进是皇后的哥哥，他本来是个屠户，因为妹妹生下了刘辩，被立为皇后，何进也跟着飞黄腾达了。可是，另外一位王美人也很受汉灵帝宠爱，生下了刘协。何皇后嫉妒王美人，就偷偷下药，把王美人毒死了。刘协由汉灵帝的母亲董太后养大。董太后和何皇后婆媳俩经常明争暗斗。

听蹇硕这么一分析，汉灵帝就同意了，派人召何进入宫。

何进还蒙在鼓里，等他到了宫门口，有个大臣悄悄告诉他："您千万别进去，蹇硕想谋害您。"

何进吓了一跳，赶紧回到家里，召集大臣商量，想除掉这些宦官。

曹操站起来说："宦官横行霸道很久了，势力很大，怎么能说灭就灭得了？万一计划不周密，不是惹祸上身吗？还要细细谋划才行。"

大家正议论纷纷，不知道怎么办的时候，宫里传来消息，说汉灵帝已经咽了气，十常侍正在伪造诏书，要谋害何进，然后立刘协为帝。

第三章
十常侍设计杀国舅

这时有个人站了起来，说："我这就带五千精兵，杀进宫去，把宦官杀个干干净净。"原来，这人是司徒袁逢的儿子袁绍。

何进很高兴，令袁绍披挂上阵，带兵冲进宫里。蹇硕吓得藏到御花园的树阴底下，还是叫人搜出来杀了。何进、袁绍等人就在灵帝的棺材前立刘辩为帝，也就是汉少帝。

何进接着下令捉拿宦官。十常侍里的张让连忙跑到何皇后面前，哀求说："当时设计陷害大将军的，就是蹇硕一个人，我们都没参与。现在大将军要把我们都杀掉，求娘娘救命啊！"

何皇后把何进召来，替宦官们讲情。何进是个没主意的人，想了想也就算了。袁绍很不甘心，说："这回不斩草除根，将来一定要出事。"何进却不以为然。

董太后见自己养大的刘协没当上皇帝，很不甘心，下令封刘协为陈留王，还时不时地干预朝政。何进觉得留着董太后是个麻烦，就想办法把她毒死了。

这下，十常侍对何进更是又恨又怕，再次想方设法去走从前的何皇后、现在的何太后的门路，向她

求情。何太后就召来何进,对他说:"现在先帝刚去世,你就想杀旧臣,这不太好吧?"何进本来就没什么决断,听完这话稀里糊涂地点点头,走出宫来。

袁绍连忙过来打听:"怎么样了?"何进说:"娘娘不同意杀他们,我能怎么办?"袁绍说:"宦官势力太大,不如召集外地手里有兵的大臣,让他们带兵进京,把宦官们赶尽杀绝,那时也就不容娘娘不同意了。"

曹操忙说:"宦官之祸,从古至今就有,只需要杀掉元凶就行,何必求助外兵。外兵一来,肯定要出乱子,怎么可能不走漏风声?"

何进不听,还是派人写信给西凉刺史董卓,叫他带兵进京。董卓本来就有野心，这下真是天赐良机，连忙带着一支精锐铁甲军，从西凉一直来到离洛阳不远的渑（miǎn）池驻扎了下来。

张让等人知道董卓来了，吓得要死，聚在一起商量："这一定是何进的主意。我们要是不先下手，肯定会被满门抄斩！"

于是，他们预先埋伏下刀斧手，然后来见何太后，说："大将军召来外兵，要杀我们，还请娘娘救命啊！"

何太后说："哎，这有什么，你们去大将军府给他赔个罪，服个软，不就行了？"

张让说："我们不敢去大将军府啊。要是去了，大将军非得把我们剁碎了不可！还是请娘娘宣大将军进宫，当面说说这件事吧。我们宁可死在您这里，也不愿意死在外面啊！"

何太后听信了张让等人的话，就叫人宣何进入宫。

何进接到太后旨意，就要进宫。主簿陈琳连忙说："大将军不能去！这一定是十常侍的阴谋。您要是去了，一定被他们害了。"

何进满不在乎地说："太后召见我，能出什么事？"

袁绍说："咱们的计划已经泄露了，这时候怎么能进宫呢？"曹操也出主意说："如果非去不可，先得把十常侍叫出宫来，您再进去。"

大家七嘴八舌地劝说，无奈何进就是不听劝，他说："你们这都是小孩子的见识，我掌管天下大权，十常侍能把我怎么样？"

袁绍无奈，只好说："大将军如果一定要去，请让我们带兵贴身保护，以防不测。"

袁绍、曹操各选五百精兵，把何进送到宫门前。没想到门里出来一个小宦官，说："娘娘有旨，只宣大将军进宫，其余人不许跟随。"袁绍、曹操没办法，只好在门外等着。

何进大大咧咧地走进宫去，刚到嘉德殿门，就见张让、段珪等人明晃晃地提着兵器冲了出来，把他团团围住。何进大吃一惊，喝道："你们要干什么？"

张让厉声斥责："董太后有什么罪？你把她毒死了！你本来只是个杀猪的，当年仗着我们的势力，步步高升，现在反倒要除掉我们？"何进慌了，扭头就要跑，只见各处宫门都紧闭落锁。十常侍预先埋伏下的刀斧手一拥而上，一阵乱刀，把何进砍为两段。

第三章
十常侍设计杀国舅

袁绍、曹操等得着急，在宫门外大声喊道："请大将军上车！"喊了几遍，不见动静。正疑惑，就听嗖的一声，有人从墙里扔出一个东西来，啪嗒一声掉在地上。大家围上去一看，竟然是何进的人头！

袁绍又惊又怒，大喝一声："宦官谋杀大将军，大家跟我上啊！"

跟来的众将士都动起手来，有的放火，有的撞门，很快就把宫门打破，冲了进去。这下大家都憋足了劲，见到宦官就杀，十常侍里的赵忠、程旷、夏恽、郭胜等人都被杀了。他们杀红了眼，宫里有些人不是宦官，但只因为没有胡子，也在这场混战中被误杀了。

张让、段珪趁乱劫持了汉少帝刘辩和陈留王刘协，连夜逃出宫来。半夜，追兵赶上，张让被逼无奈，只好跳了河，段珪也被杀了。少帝和陈留王吓得钻到一个草垛里躲了起来。

附近一座庄园的庄主是退隐的朝廷重臣，他发现了少帝和陈留王，打算送他们回宫，但找来找去，只找到了一匹瘦马，好在他俩都还是小孩子，只得将就着与别人共乘一马。

走到半路上，只见前面来了一队人马，原来是董卓带兵来了。少帝已经吓得一句话都说不出，陈留王这时候只有九岁，却很平静地问：“你是来保驾的，还是来劫驾的？”

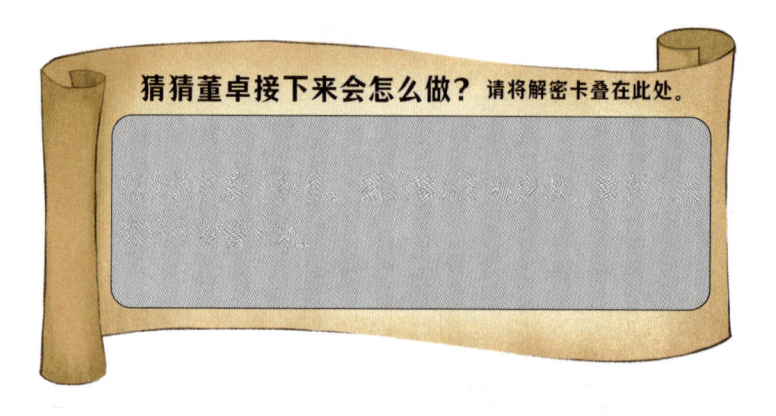

猜猜董卓接下来会怎么做？ 请将解密卡叠在此处。

董卓的铁甲军本来就是一支精兵，这回到了洛阳城更是无人敢惹，天天横行霸道。这一来，宦官势力固然是被消灭了，董卓的威势却越来越大了。

第四章
得吕布董卓霸京城

董卓进了京城洛阳后,觉得自己一直在外地当官,在朝廷里没有威望,就打算把少帝刘辩废掉,另立陈留王刘协为帝。刘协只有九岁,更容易摆布,这样他成了新朝的元老,大权就全归他了。

谋士李儒给他出主意,说可以把大臣们召来商议,有反对的就杀掉。

董卓就在温明园摆下宴席,把大臣们都请来。大家喝了一会儿酒,董卓开口:"天子性格懦弱,不如陈留王聪明好学。我想把天子废掉,另立陈留王为帝,你们觉得怎么样?"

大臣们瞧着董卓恶狠狠的模样,没一个敢出声。这时候荆州刺史丁原站了起来,怒气冲冲地说:"现在的天子并没有犯什么错,为什么要废掉他?你这样做,怕不是要造反吧?"

董卓火冒三丈,大喝一声:"顺我者生,逆我者死!"当即拔出宝剑就要杀丁原。丁原身边忽然站起来一个武将,威风凛凛,手拿方天画戟(jǐ),朝董卓一瞪眼。李儒吓了一跳,连忙拉住董卓说:"主公,今天大家开开心心地喝酒,不谈国事,改天再聊也不迟嘛。"

这边众臣也都劝住了丁原。丁原气呼呼地带着那武将出去了,宴席也不欢而散。董卓一打听,原来那个武将名叫吕布,字奉先,是丁原的义子,有一身好武艺,勇猛非常,无人能敌。

第二天,丁原率军在城外挑战,大骂董卓居心不良,妄图祸乱朝廷。董卓出城迎战,正遇上吕布,一阵厮杀之后,董卓抵挡不住,大败而回。

董卓回到营帐,对众将说:"吕布这么厉害,我要是能得到他,还有什么好怕的?"

部将李肃回答:"主公不要急,我和吕布是同乡。这个人有勇无谋,见利忘义。我可以去见见他,劝他来投降。"

第四章
得吕布董卓霸京城

董卓大喜，连忙问："你打算怎么劝他？"

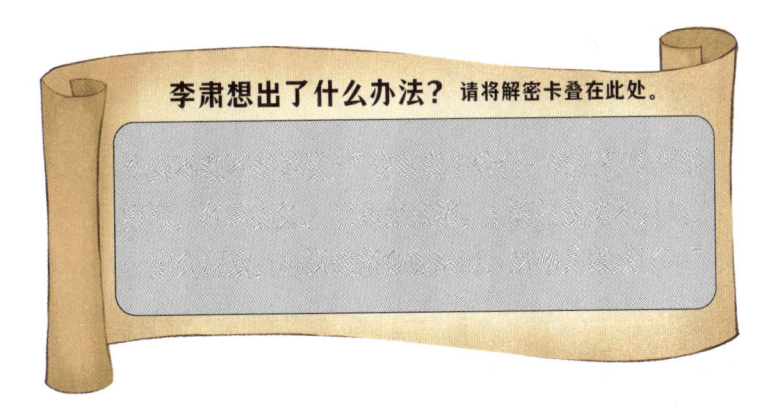

李肃想出了什么办法？ 请将解密卡叠在此处。

董卓有点舍不得，转头问李儒："你看这样行吗？"

李儒连忙说："主公要取得天下，何必心疼一匹马呢？"

董卓这才下定决心，叫人牵马出来，又准备了一千两黄金、几十颗明珠、一条玉带，让李肃带走了。

李肃面见吕布，献上赤兔宝马，吕布高兴得跳了起来，连忙问："好久不见，老兄竟然送我这么好的马，我该怎么报答你呢？"

好威风的画戟！

李肃笑了笑，说："咱们是好兄弟，报答什么？不过，我和老弟好久不见，倒和令尊大人经常见面。"

吕布一愣，说："我父亲去世很久了，你怎么会跟他经常见面？"

李肃哈哈一笑，说："我说的不是吕老先生，是丁原丁刺史，他不是你的义父吗？我难道不应该喊他令尊大人？"

说到丁原，吕布眉头一皱，叹了口气："唉，我跟着丁刺史，

第四章
得吕布董卓霸京城

也是出于无奈呀！"

李肃见机会来了，就低声对吕布说："俗话说：良禽择木而栖，贤臣择主而事。以老弟你的本领，怎么能屈居人下呢？"说着，李肃又拿出金珠、玉带放在吕布面前："实话跟你说，这赤兔马和财宝，都是董卓大人送你的。我看朝中群臣，只有董公称得上英雄。他赏罚分明、礼贤下士，就连我这样没什么本事的，跟着他这几年，都做到虎贲中郎将的位置了。你要是跟了董公，前途不可限量！"

吕布越听越心痒，连忙问道："我很想投到董公门下，可是，董公待我这么好，我不拿点见面礼，也不好意思上门啊。"

李肃看着吕布微微一笑，说："贤弟，这见面礼对你来说就是举手之劳，只看你想不想办了……"

吕布愣了一会儿，才明白过来："我知道了，我立即杀了丁原，带兵投奔董公！"

当天夜里，吕布就提着刀，闯进丁原营帐里。丁原正在灯下看书，见到吕布进来，十分奇怪，问道："我儿半夜进来，是有什么事吗？"

吕布大喝一声："我是堂堂的男子汉大丈夫，怎么肯给你当儿子！"

丁原大吃一惊，忙说："奉先，你、你怎么突然变了心……"话还没说完，吕布就手起刀落，把丁原的头砍了下来，带兵投奔董卓去了。

董卓一见吕布来了,而且还带来了仇人丁原的脑袋,又惊又喜,赶紧摆酒款待。吕布请董卓坐下,说:"如果董公不嫌弃,我愿拜董公为义父!"说完跪在地上,砰砰砰磕了好几个头。

董卓高兴得不知道说什么好了,立即认下了这个义子,还封吕布为骑都尉、中郎将、都亭侯。

收服吕布后,董卓再次召集群臣,让吕布带着一千多精兵,全都穿着锃亮的铠甲在一旁侍卫。董卓这回腰杆更硬了,直接说:"当今皇帝懦弱,我要效仿伊尹、霍光,废皇帝为弘农王,立陈留

第四章
得吕布董卓霸京城

王为帝。有不从者，斩！"大臣们都吓得不敢出声，只有袁绍霍地站起身来，说："皇上刚即位没几天，也没犯什么错，你这样做，果然是要造反！"

董卓大怒，噌的一声拔出剑来，指着袁绍喝道："天下大事，现在是我说了算！谁敢不听？你是觉得我的宝剑不够锋利吗？"袁绍冷笑了一声，也把剑拔了出来，指着董卓说："你的剑锋利，但我的剑也不差！"两个人用剑指着对方，一时僵在了那里。

董卓没想到碰上了这么硬气的对手，气得吹胡子瞪眼睛，要把袁绍推出去杀了。李儒知道袁家势力很大，杀了袁绍，一定会闹出乱子来，就连忙劝董卓："大事还没定，不要随便杀人。"董

卓这才暂时作罢。

袁绍收了剑出来，知道京城是待不住了，就辞官出城奔冀州去了。董卓气得牙齿痒痒，很想把袁绍杀掉。有人劝他说："袁家势力太大，您要是真的把他惹急了，起兵反抗，也很麻烦。不如给他封个官，安抚一下。"董卓醒悟过来，就下令封袁绍为渤海太守，这样一来，就把袁绍暂时稳住了。

剩下的文武百官都害怕董卓的威势，再也没有人敢反对了。董卓带兵进宫，对着少帝刘辩宣读了一通所谓的罪状，把他从宝座上拉了下来，再把陈留王刘协扶了上去，这就是汉献帝。从此朝廷大权，就全都落到董卓的手里了。

第五章
智曹操巧献七星刀

董卓独揽大权之后，做了很多坏事。他先是把汉少帝刘辩关在冷宫里，不久就把他毒死了。有一次，他带兵出城，正好碰上当地老百姓赶集。他叫众兵把老百姓围住，把男人全杀掉，人头挂在车前；把女人、财物全都抢来装在车上，敲锣打鼓地回到京城，还假称是杀败了贼兵，打了大胜仗。

这一来，董卓就引起了公愤，不但朝中大臣咬牙切齿，连老百姓提起他来，都恨不得他早点完蛋。

另一边，袁绍在冀州立住了脚，就写信给朝中老臣司徒王允，请他想个办法，尽快除掉董卓。

王允虽然资历很深，但一时也没有主意。于是他假称自己办寿宴，请了许多文武大臣来家里喝酒。

当晚客人到齐，喝着喝着，王允忽然放声大哭。大臣们吃了一惊，连忙问道："今天不是老大人的寿诞吗？怎么突然伤心起来了？"

王允擦了擦眼泪，叹了口气说："唉，今天其实并不是我的生日，只不过想跟大家商量点事情。借着过生日的由头，免得董卓老贼起疑心。现在董卓独揽大权，眼看就要篡位。想不到我大汉朝的江山，就要葬送在董卓之手了！"

大家听了，想起董卓的所作所为，也都又气愤，又伤心，忍不住落下泪来。一时间，大厅里此起彼伏，哭声一片。

正哭着，只听有人在座位上哈哈大笑起来，大家一惊，哭声停止，只听那人一面拍手一面笑道："满朝的文武高官，从晚上哭到早晨，从早晨再哭到晚上，还能哭死董卓吗？"

王允抬头一看，这人正是骁骑校尉曹操，他有点生气："大家哭，是因为忧国忧民，伤心至极。你祖上也是汉臣，吃着汉朝的

俸禄，怎么不思报国，反倒发笑？"

曹操继续说："我笑的是你们这些人只知道哭，就想不出一个办法杀了董卓吗？别看我没什么本事，却能立即砍了董卓的脑袋！"

王允心里一惊，连忙郑重地上前问道："请问孟德有什么高见？"

曹操说："这些天，我投靠在董卓手底下办事。倒不是趋炎附势，而是想找机会干掉他。他对我还真的挺信任，经常让我贴身伺候。我听说您有一口七宝刀，特别锋利，能不能借给我，去董卓府里刺杀他。只要能为民除害，我死而无憾！"

王允又惊又喜，连忙向曹操敬了一杯酒，说："你有这样的决心，是天下苍生的福分啊！"说着就把七宝刀取出来，交给曹操藏好。曹操把酒浇在地上，发誓要拼死刺杀董卓，绝不退缩反悔。

第二天，曹操就带着七宝刀来到董卓府上，董卓正在小阁楼里，坐在床上休息，吕布站在旁边伺候着。董卓

小绿：七宝刀上有哪七种宝物啊？

小粉：古代将金、银、琉璃、珊瑚、琥珀、砗磲（chē qú）、玛瑙称为七宝，后来也泛指众多的宝石。

看到曹操来了，就问道："你今天怎么来晚了？"曹操回答："我的马又瘦又弱，跑得不快，所以来迟，请董公恕罪。"

董卓摆摆手说："嗨，早知道这样，就赏你匹马骑了。我从西凉带来许多好马。奉先我儿，你快去马厩，给孟德选一匹来。"

吕布答应一声，下楼去了。曹操一看屋里再没有别人，吕布一时又回不来，心想："这老贼今天活该死在我手里！"当即就想拔刀杀他，但转念一想，董卓自己也是武将出身，力气很大，万一一刀刺不死他，闹出动静来，可就糟了。

曹操心里盘算着，就暗暗摸着刀把，在旁边等机会。董卓是个大胖子，不能久坐，过了一会儿，就在床上躺了下来，脸朝里，好像是睡着了。

第五章
智曹操巧献七星刀

曹操一阵狂喜:"机会来了!"他伸手拔出七宝刀,就要往董卓身上刺去。

没想到董卓并没有睡着,他虽然脸朝里,床头却有一面镜子,正好照见曹操在背后拔刀。董卓一回头,腾的一下坐了起来:"孟德,你要干什么?"

这时候曹操的刀已出鞘,插是插不回去了,耳听吕布已经牵着马来到了阁楼外。

这镜子不错!

睡吧!

铜镜也可以做得和玻璃镜一样亮。

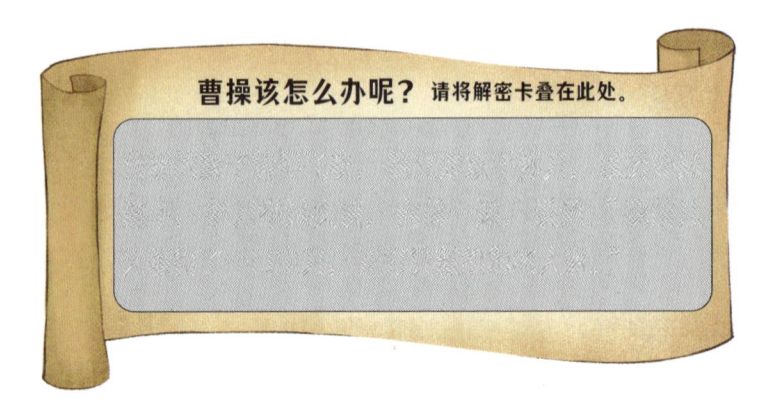

> 曹操该怎么办呢？请将解密卡叠在此处。

董卓接过刀看了看，只见这口刀全长一尺多，装饰着各种华丽的宝石，而且锋利无比，一看就知道确实十分名贵，忍不住低头把玩起来。

我来帮你!

这时候吕布已经拴好马,走上楼来。董卓一时也没想太多,就把刀递给吕布,叫他好好收着。曹操顺手把刀鞘解了下来,一起递到吕布手里。董卓说:"孟德,我带你下楼看看马去。"

曹操下了楼,假装在马前马后看了看,顺势说:"董公,我想骑一圈试试。"

董卓也没多想,就说:"那有什么?你骑就是了。"曹操翻身上马,连抽了几鞭子,那马一路狂奔,出了相府,直奔城门去了。

这时候吕布对董卓说:"刚才见曹操好像是要行刺,会不会是被您发现了,故意谎称是献刀呢?"

董卓猛地醒悟:"哎呀,对呀!听你这么一说,我也有点怀疑。

那怎么办？"

　　这时候谋士李儒来了。听了董卓的话，李儒说："这好办，派人去曹操住所，把他叫来问问。他要是心里没鬼，肯定就来了；如果推托不来，那肯定就是行刺，派人抓他回来就是了。"

　　董卓派去的四个狱卒来到曹操家里，没有找到人，再一打听才知道，曹操早就从东门跑了，把门的差役说："我们问过曹操去哪儿，曹操回答：'丞相派我去办紧急公事。'这会儿早就走远了，追不上了。"

　　狱卒回来，把这些话一一回报。李儒说："那没错了，曹操之前就是打算行刺！"董卓气得七窍生烟："好呀！这个曹操，我这么重用他，他反而害我，我非抓住他，将他碎尸万段不可！"李儒说："丞相别急，这背后一定还有同谋，等捉住曹操，一审就知道。"董卓于是通令全国，张贴曹操的画像捉拿他。如果有捉住曹操的，赏千金，封万户侯；窝藏曹操的，与他同罪。

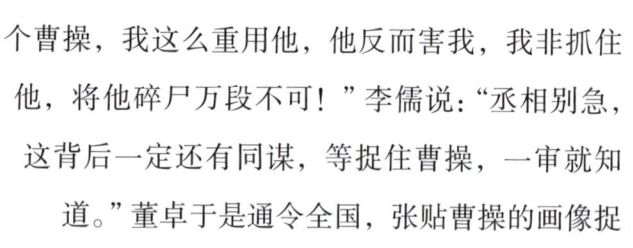

　　曹操没办法，只得一路向东，往谯（qiáo）郡逃去。那里是他的老家，他家在当地很有势力。到了谯郡，就不怕董卓的追捕了。

第六章
曹孟德错杀吕老伯

曹操出了京城，一路快马加鞭，往家乡谯郡逃去。但这时董卓的通缉令也下来了，到处贴满了曹操的画像，各地的差役都在盘查过往行人，要捉拿刺客曹操。

果然，曹操经过中牟县的时候，被看门的差役认出来了。差役们一拥而上，把曹操捆了个结结实实，送到县衙里。

县令连忙升堂审问，曹操抵死不认，说："你们抓错人了！我是个过路的客商，复姓皇甫。"县令仔细打量了他一会儿，就叫人把他看管起来。差役们捉人有功，

画得还挺像！

县令赏了些钱物，打发他们走了。

到半夜时候，县令悄悄把曹操从监狱里提出来，带到后院，跟他说："你就不要隐瞒了，你就是曹操。我年轻的时候去洛阳求官做，那时就认识你。"

曹操哼了一声，也不说话。县令又问道："我听说董公待你不薄啊，你怎么要刺杀他？"

曹操冷笑一声，说："我的雄心壮志，你哪里懂？你既然把我捉住了，就送到董卓那里去领赏好了，何必多问？"

县令低声对曹操说："你可不要小看我，我也不是普通人，也胸怀大志，只不过没有遇到明主罢了。你从京城跑出来，要去哪儿？"

曹操说："我要回家乡谯郡，招兵买马，壮大自己的势力。然后用皇上的名义，号令天下诸侯起兵，共同讨伐贼臣董卓！"

县令听了，连忙把曹操身上的绳子解开，把他扶上座位，对他行了个礼，说："原来你真是忠义之士！实

小黑：古代没有照相机，光凭手绘的图能把人认出来吗？

小粉：画像上会标明此人的基本特征，比如脸型，有没有胡子、胎记。古代交通不发达，本地人绝大多数都互相认识，所以并不难把流窜的通缉犯认出来。

话跟你说，我叫陈宫，字公台。你有拯救天下的雄心壮志，我难道就没有？我愿意弃官不做，和你一起去干大事！"

曹操喜出望外，当晚，陈宫就收拾了盘缠，和曹操乔装打扮，各带了宝剑，骑马继续向谯郡进发。

走了三天，到了成皋地方，天色已晚。曹操指着路边的一座小院子说："这家的主人名叫吕伯奢，是我父亲的结义兄弟，咱们去他家借住一晚好了。"陈宫点头同意，两人就去庄院前敲门。

吕伯奢开门一看是曹操，慌忙把他俩让进来，低声说："我听说朝廷到处通缉你，你怎么跑到这里来了？"

曹操就把前因后果说了一遍，吕伯奢赶紧拜谢陈宫："要不是陈先生搭救，不要说我这小侄保不住性命，就连曹家也要灭门。你们稍等一会儿，我去安排一下，备点酒菜。"

说着，吕伯奢就起身到房内去了，很久才出来，说："不巧家里的酒都喝完了，等我去西村打点好酒来款待你们！"说完，就匆匆出门，骑着驴走了。

曹操和陈宫等了好久，也不见吕伯奢回来，有点起疑。这时候，只听屋后传来噌噌噌的磨刀声。

曹操说："吕伯奢不是我的至亲，他去了这么半天，会不会是报官去了？走，我们到他屋后听听去！"

两个人悄悄来到屋后。旁边屋里果然有人在磨刀，一面磨，一面说："现在就捆起来杀了吧，怎么样？"

曹操看着陈宫说:"果然是这样!咱们要是不先下手,一定会被他们抓住杀了!"

说完拔剑就往里闯,不管男女老幼,见人就杀。连着搜了好几间屋子,前后杀了八个人,一直杀到吕家的厨房里。

曹操正在厨房搜索,陈宫往灶前一看,倒吸了一口冷气。

他们在厨房里发现了什么?请将解密卡叠在此处。

第六章
曹孟德错杀吕老伯

曹操说："事已至此，我们赶紧跑吧！"说完拉着陈宫，上马就跑。陈宫没办法，只得跟在后面。

还没跑出多远，就见吕伯奢骑着驴回来了，鞍前挂着两瓶酒，手里拎着不少瓜果小菜——他真的是到西村打酒买菜去了。

吕伯奢看到曹操和陈宫匆忙跑出来，十分奇怪，就喊道："贤侄、陈先生，你们俩怎么这就要走了？"

曹操回答："我是有罪的人，住久了怕连累你们，还是早早离开吧！"

吕伯奢连忙喊道："贤侄，你来看，我已经打了好酒，买了好菜，也吩咐家里人杀猪待客了，你怎么连一夜都不肯住啊？不要走，快跟我回去吧！"

快阻止他！

我来！

曹操也不搭话，打马就往前走，快到吕伯奢面前的时候，他突然向吕伯奢身后一指："吕老伯，你看那边来的是什么人？"吕伯奢回头一看，并没有人，还没反应过来，曹操早就拔出宝剑，只一剑，就把吕伯奢砍下驴来。

陈宫大吃一惊："刚才是误杀，这回又是为什么？"

曹操冷笑了一声，说："吕伯奢回到家，见死了那么多人，怎么会善罢甘休，如果带人来追我们不就糟了吗？所以必须斩尽杀绝，才不留后患。"

陈宫气得浑身哆嗦："你、你明知人家无辜，还存心杀他！你、你这个不义之人！"

第六章
曹孟德错杀吕老伯

曹操冷冷一笑，说："宁让我负天下人，不让天下人负我！"

陈宫一下子怔住了，他跟在曹操身后，两人再也没说一句话。当夜，两人找到了一家客店，曹操先睡下了。陈宫心里想："我原以为曹操是忠义之人，就弃官来跟随他，没想到是个心肠狠毒的家伙。留着他，日后必然是个祸害，不如把他杀了。"可他又转念一想："算了，我是为了国家大义跟他到了这里，如果杀了他，我不也成不义之人了吗？不如另投明主吧！"

陈宫于是连夜动身，丢下曹操，投奔其他地方去了。

第七章
关云长温酒斩华雄

曹操回到家乡，拿出家财，又拉来不少资助，开始招兵买马。他仗着自己的声望，又打出忠义报国的旗号，很快就拉起了

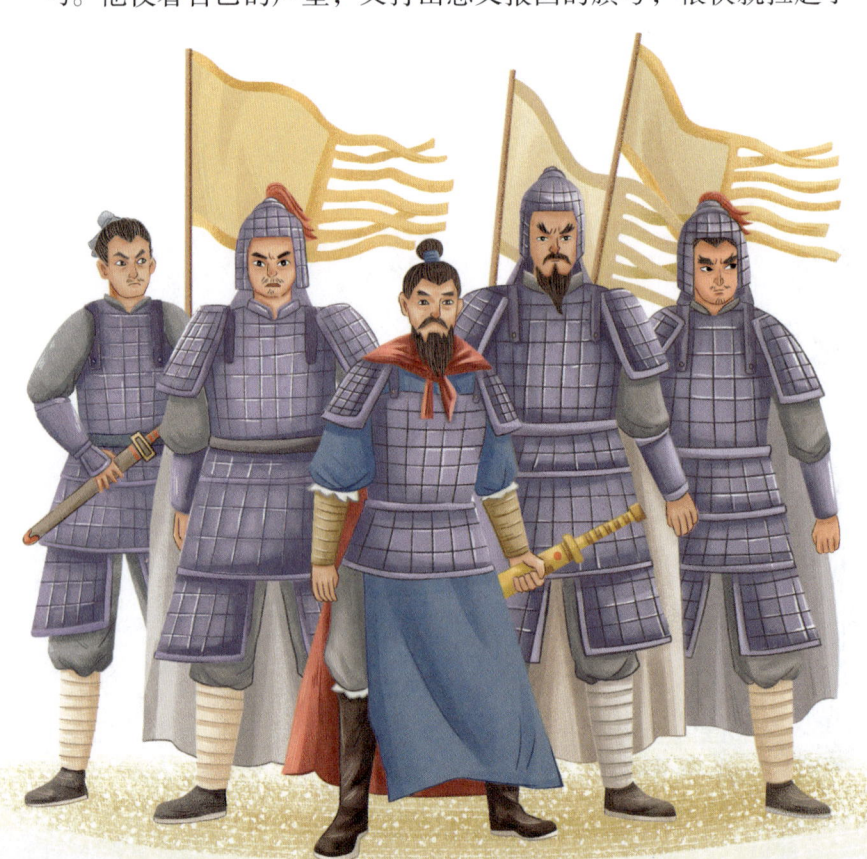

第七章
关云长温酒斩华雄

一支队伍，聚拢了不少人才。这些人里，既有他本族的兄弟曹仁、曹洪、夏侯惇、夏侯渊，也有乐进、李典这种从外地慕名来投的英雄好汉。

小黄： 夏侯惇和曹操不同姓，为什么也算同族呢？

小蓝： 史书里记载，曹操的父亲曹嵩原本姓夏侯，成为宦官曹腾的养子后才改姓曹。曹嵩是夏侯惇的叔父，所以曹操和夏侯惇算叔伯兄弟。

接着，曹操写了一封诏书，假借皇帝的名义，分发给天下诸侯，号召大家起兵讨伐董卓。一时间，各地纷纷响应。带兵来会盟的，有渤海太守袁绍、南阳太守袁术、北平太守公孙瓒、长沙太守孙坚、冀州刺史韩馥等。公孙瓒来的时候，路过平原县，平原县令正是刘备。他带着关羽、张飞，都加入了公孙瓒军中。

十八路诸侯中，每路诸侯的人马多则三万，少则一两万，一连二百多里，都是联军的营寨，旗号飘扬，人欢马叫，十分壮观。大家都说袁绍家四世三公，势力最大，就

小粉： 袁家四代里有好几个人做了"三公"的高官，所以号称"四世三公"。

小蓝： 三公在东汉是太尉、司徒、司空的合称，是朝廷地位最高的大臣。

推举袁绍为盟主。

第二天，联军营寨里筑起一座高台，袁绍登上高台，祭拜过了天地，宣读了誓词，发誓齐心协力与诸侯们讨伐董卓，然后当众歃（shà）血表明决心。袁绍的誓词慷慨激昂，大家都听得热泪盈眶，浑身的血液都在沸腾，恨不得立即和董卓开战。

袁绍委派长沙太守孙坚为先锋，孙坚号称"江东猛虎"，作战十分勇敢。袁绍又派自己的弟弟、南阳太守袁术负责管理粮草。各路人马需用的粮草，都得经袁术批准，才能拨付。

孙坚率军向董卓军队把守的汜（sì）水关进发，汜水关的守军急忙向洛阳求援。董卓于是派大将华雄和李肃等将领，率五万大军迎战。孙坚率领部将程普、黄盖、韩当、祖茂，发兵进逼汜水关，在关下扎下营寨。

没想到袁术害怕孙坚得了头功，势力壮大，威胁到自己，就故意不拨给他粮草。孙坚的军队几天吃不上饭，内部就乱起来了。

华雄打听到消息，十分高兴，就半夜出关偷袭孙坚大营。孙

第七章
关云长温酒斩华雄

坚军队士气低落,没有防备,被杀得大败。

孙坚慌忙逃走,华雄在后面紧紧追赶。部将祖茂说:"主公,您戴的赤帻(zé)太扎眼了,引得华雄紧追不放。您干脆和我换一换。"孙坚连忙换上祖茂的头盔,趁夜色从小路逃走。祖茂戴上孙坚的赤帻,吸引华雄,被华雄赶上来一刀杀了。

孙坚大败而回，众诸侯见江东猛虎都败了，纷纷慌了神。大家正在商量对策，就有探子来报告："华雄带兵来了，他用长杆挑着孙太守的赤帻，正在外面大骂挑战呢。"

袁绍于是问道："谁敢出战？"下面有一位武将答应："小将愿去。"原来是袁术部下的大将俞涉。袁绍一点头："很好，就命你去迎战华雄！"

俞涉上马出营，不一会儿工夫，就有士兵来报："启禀盟主，俞涉和华雄交战还没到三个回合，就被华雄斩了！"

大家大吃一惊，韩馥说："没事，我有上将潘凤，一定能斩了华雄。"袁绍连忙说："快请潘将军出马！"

潘凤手提一柄大斧，威风凛凛地上马出营去了，没过多久，又有士兵来报："启禀盟主，潘凤又被华雄斩了！"

这下大家脸色全都变了，袁绍再问谁敢去战华雄时，各路诸侯都不出声了。袁绍气得直跺脚："唉！可惜我的大将颜良、文丑没来，只要有一个在这儿，还怕他华雄？"

话音没落，就听台阶下有人大声说道："小将愿去斩了华雄的首级，献于帐下！"

这声音洪亮极了，震得大家耳朵嗡嗡直响。

第七章
关云长温酒斩华雄

大家抬头一看,只见这人身高九尺,留着一把长长的胡子,丹凤眼,卧蚕眉,通红的脸膛,在台阶下一站,就好像天神一样,只是没人认识。

袁绍问道:"这位将军是谁呀?"

北平太守公孙瓒站起来说:"这是刘玄德的二弟关羽关云长。"袁绍点点头,又问道:"关将军现在担任什么官职啊?"公孙瓒说:"哦,倒没什么官职,只是跟着刘玄德做马弓手。"

袁绍还没说什么,袁术先不高兴了,他大喝一声:"大胆!你是觉得我们诸侯麾下没有大将了吗?一个小小的马弓手,也敢当众胡说八道,这里有你说话的份儿吗?快给我打出去!"

曹操连忙拦住:"公路(袁术的字)息怒。这人既然说出这样的大话,想必有些本事,不妨让他出马试试,打赢了自然最好,打不赢,再治他的罪也来得及嘛。"

袁绍皱着眉头说:"派一个马弓手出战,肯定会被华雄笑话。"

曹操说:"这人相貌不凡,只要我们不说,华雄怎么会知道他是马弓手呢?"

关羽在旁边实在忍不住了,便说:"如果我砍不下华雄的脑袋,回来你们尽管砍我的脑袋!"

曹操暗暗称奇,连忙叫人斟了一杯热酒,亲手捧着递给关羽:"关将军,喝了这杯热酒再出战,我为你壮行!"

关羽手一摆:"不急,先放在这里,等我回来再喝不迟。"说完提起青龙偃月刀,飞身上马出营去了。

众诸侯在营里等消息,只听外面咚咚咚鼓声大作,好像打雷一样;又听外面众士兵齐声高喊"好呀！杀呀！"就像天崩地裂一样。诸侯们也分不清是自己人在喊,还是敌人在喊。这到底是怎么回事？关羽到底有没有打赢华雄？所有人都在心里嘀咕,刘备更是捏着一把汗。

这时候鼓声和呐喊声突然停了,营外一片安静,就像什么都没有发生过一样。众人更觉得奇怪,袁绍一伸手,就要命手下士兵去探听情况。只听营外叮铃铃一串清脆的銮铃响,然后就是一阵马蹄声。众人还没反应过来,就见一匹马冲进中军大帐,马上

第七章
关云长温酒斩华雄

坐着的正是关羽。只见他手一扬，啪嗒一声，一个黑乎乎的东西随手飞出，落在众人面前。众人围上来一看，呀！正是华雄的首级！再看关羽出发前放下的那杯酒，到现在还是温热的！

曹操高兴极了，张飞跑出来高声叫道："嘿！我二哥斩了华雄，不趁现在杀进关去活捉董卓，还等什么！"袁术大怒，喝道："我们这些国家大臣，说话还得互相谦让。你一个县令手下的小兵，竟敢在这里耀武扬威！给我赶出去！"

曹操连忙稳住袁术，叫公孙瓒先带刘备三人回营休息，又暗中派人送去酒肉安抚，叫他们不要介意，来日再立大功。

第八章
虎牢关三英战吕布

华雄被斩后,手下的士兵四散奔逃。有人跑回去报告给副将李肃,李肃慌忙写了一封告急文书,上报董卓。

董卓闻讯大吃一惊,召集李儒、吕布等人商量。李儒说:"现在盟军声势大振,袁绍是盟主,他叔叔袁隗(wěi)在朝廷里担任太傅,势力很大。要是他和袁绍里应外合,可就麻烦了。"

董卓皱着眉头说:"那怎么办?"

李儒说:"不如先把袁隗除掉,绝了这个后患。然后您亲率大军迎战,肯定能打败他们。"

董卓就叫部将李傕(què)、郭汜领兵五百,围住太傅袁隗家,不分老幼,杀了个干干净净。然后发下面有老虎吗?

我们去看看!

兵二十万,自己率领其中的十五万,带着李儒、吕布把守虎牢关。

虎牢关离洛阳只有五十里,地势十分险要,易守难攻。但要是守不住虎牢关,洛阳也就不保了。

袁绍听说叔叔袁隗被满门抄斩,立即下令众诸侯前往虎牢关迎敌。河内太守王匡先到了关下,正碰上吕布率军出阵。只见吕布

小黑:为什么叫"虎牢关"呢?这里有老虎吗?

小蓝:据说周穆王曾经在这一带养老虎,关老虎的笼子就设在这里,所以得名"虎牢"。这里北临黄河,南靠高山,是进入洛阳的必经之路。

头戴紫金冠,身穿百花袍,外罩连环铠,手拿方天画戟,骑着赤兔马,真是八面威风。

王匡回头问道:"谁敢出战?"部将方悦答应一声,催马挺枪,冲杀上来。方悦也算河内名将,没想到根本不是吕布的对手。不到五个回合,吕布就挥动方天画戟,把他一戟刺于马下。

吕布得胜后挺着戟直冲王匡而来。王匡抵挡不住,大败而逃。吕布左右开弓,来回冲杀,如入无人之境。幸亏乔瑁(mào)、袁遗两路诸侯赶到,救下了王匡。

三路诸侯各自损失了不少人马,只好退兵三十里,扎下营寨。这时候又有五路诸侯赶到了,问起战况,王匡早就被吕布吓破了胆,再加上乔瑁、袁遗添油加醋地说吕布如何厉害,各路诸侯吓得脸都白了。

大家正在惊慌失措,外面有士兵来报:"吕布来挑战了。"八路诸侯只好一齐上马迎战,只见吕布杀气腾腾地冲了上来。

上党太守张杨一回

第八章
虎牢关三英战吕布

头,对部将穆顺说:"你先去试试。"穆顺没办法,只得硬着头皮挺枪迎战。他见了吕布,两只手都抖成一团了,哪里还握得住兵器? 吕布看着他这模样,又是好气又是好笑,随手一戟就把穆顺挑落马下。

此时,又听一位将领喊道:"吕布不要猖狂,我来也!"这位是北海太守孔融的部将武安国,他挥舞着铁锤冲了上来,还别说,武安国力大无穷,比穆顺强了不少,铁锤挥舞如风,雨点一样朝吕布头上就打。但他也不是吕布的对手,吕布跟他对战了十几个回合,看准破绽,一戟落下,嚓的一声就把武安国的手腕砍断了。

武安国疼得惨叫一声,把大锤一扔,拨马往回就跑。幸亏八路诸侯一齐接应,救下了他。吕布也不恋战,就此得胜回营。

众诸侯回寨商议对策,正议间,吕布又来挑战。

北平太守公孙瓒一看实在没办法,只好把手里的槊(shuò)一晃,说:"我亲自去试试!"他也是一代名将,武艺非凡,威震北方。

吕布可不管他是什么北平太守南平太守,他眼里只有打仗,当即挺戟

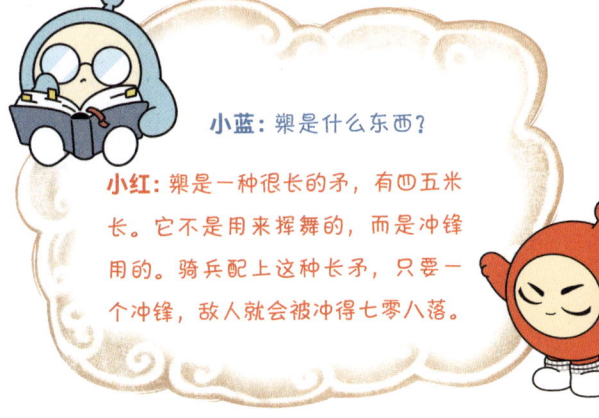

小蓝:槊是什么东西?

小红:槊是一种很长的矛,有四五米长。它不是用来挥舞的,而是冲锋用的。骑兵配上这种长矛,只要一个冲锋,敌人就会被冲得七零八落。

迎战。两人交手没几个回合，公孙瓒就觉得吃力，倒拖着槊向后败走。

　　吕布大喝一声："哪里走！"一拍赤兔马，飞一样追了上来。赤兔是日行千里的名马，跑起来像风一样，一眨眼工夫，就追到了公孙瓒身后。吕布冷笑一声，举起方天画戟，就往公孙瓒后心刺去，眼看公孙瓒就要命丧当场。

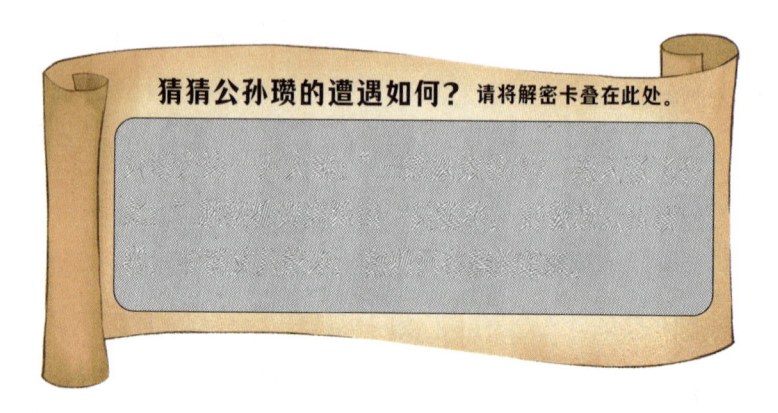

猜猜公孙瓒的遭遇如何？ 请将解密卡叠在此处。

　　吕布不得已，丢下公孙瓒，迎战张飞。张飞也是第一次碰上这么强的对手，抖擞精神，大战吕布。丈八蛇矛对上方天画戟，叮叮当当一阵乱响，足足斗了五十多个回合，不分胜负。

　　关羽观战多时，觉得单靠张飞一个人很难取胜，连忙一拍马，大叫一声："三弟，我来了！"说完舞动八十二斤的青龙偃月刀，杀向吕布。张飞在左，关羽在右，把吕布夹在中间。吕布不慌不忙，面对两员猛将，手中方天画戟左拦右挡，丝毫不落下风。关羽的青龙大刀势沉力猛，张飞的丈八蛇矛上下翻飞，这两位算是十八路诸侯里顶尖的高手了,没想到又是三十个回合过去,还是胜不了吕布。

刘备看两位兄弟赢不了吕布,心里着急,就拔出双股剑,叫道:"二弟!三弟!我也来了!"一拍黄鬃马,也来助战。三个人把吕布围在中间,像走马灯一样厮杀。战况激烈,把八路人马都看呆了。

吕布先战公孙瓒,又战张飞、关羽,这回又加上一个刘备。虽然刘备不如关、张二人勇猛,但武艺也不弱。三个人围着吕布,你一刀,我一矛,再加上刘备几剑砍来,吕布一点喘息的机会都没有,渐渐招架不住了。

吕布有点心慌,就想退走,但刘、关、张三人的兵器来来往往,根本不容他转身。吕布又支撑了一会儿,觉得越来越危险,心里盘算:这三个人里刘备最弱,干脆从他这儿撕开一个口子,逃出去吧。

想到这里,他也不管刘备的剑了,一抖画戟,照着刘备脸上就刺。这一下又快又猛,好像要跟刘备拼命似的。刘备吓了一跳,不敢招架,拨马闪在一边,三个人的包围圈就露出一个缺口。吕布要的就是这一眨眼的机会,他一拍赤兔马,如同一道红光从缺口飞跃而出。关羽、张飞再想拦可拦不住了。吕布倒拖着画戟,纵着赤兔马直奔虎牢关。刘、关、张哪肯放他走,在后面紧紧追赶。

这回八路诸侯和众将总算来了劲头，有的喊："追呀！杀呀！"有的喊："不要让吕布跑了呀！"

刚才还缩头缩脑的那些人，不知道为什么全都抖起威风来了。大家喊声震天，一齐冲杀。

张飞虽然打了很久，还是精神十足，一马当先追着吕布就到了虎牢关下。抬头一看，见城墙上有一柄华丽的青罗伞盖，正在随风飘动。

张飞回头大叫一声："嘿！那伞盖下面的一定是董卓。吕布有什么稀罕，不如活捉董贼，斩草除根呀！"他一拍马，就要冲上关去捉拿董卓。

刘备在后面急忙喊道："三弟，不要乱来！"这时关上守军早就做好准备，先射了一阵乱箭，紧接着又是滚木礌（léi）石，雨点一样打了下来。

张飞虽然是个粗人，也知道利害，就不再追了，回头会合大哥、二哥，和八路诸侯一齐回营庆功去了。

第八章
虎牢关三英战吕布

第九章
藏国玺孙坚散盟军

董卓失去了大将华雄，吕布又被刘、关、张打败，士气十分低落。他就和李儒商量对策。

第九章
藏国玺孙坚散盟军

李儒说:"现在盟军势头正盛,不如避一避。最近我听到民间有一首童谣,说'西头一个汉,东头一个汉。鹿走入长安,方可无斯难。'当年汉高祖建都长安,前后传了十二代皇帝,这叫'西头一个汉';后来汉光武帝建都洛阳,前后也传了十二代皇帝,这叫'东头一个汉'。要按童谣的说法,我们是不是应该搬回长安,才能避免灾难呢?"

董卓想了想说:"照你这么一说,恐怕还真是这么回事。"他于是回到洛阳,召集文武百官,下令迁都,要把整个洛阳城上自皇帝,下到百姓,都搬到长安去。

大臣们纷纷劝阻:"长安已经废弃二百多年了,根本不适合做都城,而且这样折腾老百姓,一定要出乱子的!"

董卓怒气冲冲地说:"我考虑的是国家大事,管什么老百姓?"当天就把这些反对的大臣撤职的撤职,杀头的杀头,其他人再也不敢说话了。

洛阳居民一共几百万,大多数过得好好的,怎么会乐意搬走?董卓就派李傕、郭汜带兵监押,把老百姓都编成队伍。每一队百姓后面跟一队士兵。但凡走得慢点儿,押队的士兵拔刀就砍,一

第九章
藏国玺孙坚散盟军

路上不知道杀了多少人。

董卓又在洛阳城里到处抓人,凡是家里有点积蓄的,全都抓起来,安一个"反臣逆党"的罪名,拉到城外杀掉。这些人的家财就算"充公"了。

东汉建都洛阳以来,皇宫、官府里积攒了许多金银财宝,这回全都被董卓洗劫一空,装了许多辆大车。临走的时候,董卓叫手下人在城里到处放火,把宫殿、官署、寺庙、

小粉：古人的书和现代的书一样吗？

小蓝：东汉虽然有了纸，但还不太普及。这些书是写在丝织品"帛"上的，所以叫帛书。

民居烧了个干干净净，无数珍贵的帛书、画卷，就在这场大火中付之一炬了。

董卓西逃之后，孙坚先打进了洛阳。只见整个洛阳城火光冲天，黑烟滚滚。孙坚赶紧派兵去各处灭火，这时候其他诸侯也到了，大家聚在一起商量下一步怎么办。

曹操建议："董卓劫持天子，强逼百姓，不得民心，这回正好乘胜追击，一定可以打垮董卓！"

袁绍摇摇头说："咱们起兵时间太久了，人困马乏。现在轻率进兵，恐怕占不了便宜。"各路诸侯也纷纷附和，都说不要轻易去追击。

曹操看出来了，这些诸侯都不是真心出力，有的只是图个名声，有的想趁机扩充力量，到了关键时刻就全都缩回去了。他气冲冲地说："一帮没见识的小子，跟着你们能成什么事！"于是他自己带着夏侯惇、夏侯渊、曹仁、曹洪等部将，连夜去追袭董卓。

不料董卓虽然残暴，却也不糊涂。他早有准备，自己催着百姓西行，留下吕布领一支精兵断后。等了几天，正好碰到曹操追

第九章
藏国玺孙坚散盟军

上来。吕布一阵冲杀，曹操抵挡不住，只好大败而逃。

曹操一口气逃到半夜，才甩开了吕布。随从们已经饿得头昏眼花，曹操下令在一座荒山脚下生火做饭。没想到刚点起火，就听四面一阵呐喊，董卓部将徐荣杀了出来。原来董卓安排他在这里埋伏，专等曹操战败的时候出来截杀，打算一网打尽。

曹操慌忙上马夺路奔逃，迎面正碰上徐荣。曹操吓得转身就跑，徐荣弯弓搭箭，嗖的一声射中了曹操的肩膀。曹操也顾不上疼，带着箭逃命。刚绕过前面一道山坡，就见草丛里突然伸出两杆枪来，一下子把曹操的战马刺倒了。原来草里埋伏着两个徐荣的士兵，专门等着捉拿曹操。

两个士兵把曹操捆了起来，正要押回去请功，身后一员将领骑马飞奔而来，赶到近前，抡起大刀，两下就把两个士兵砍死了，原来这人是曹操的族弟曹洪。

曹操已经吓得魂不附体："我今天算是死在这里了，你快走！"曹洪说："您快点骑上我的马，我步行。"曹操说："敌人追上来你怎么办？"曹洪说："天下可以没有我曹洪，但不能没有您！走吧！"曹操见曹洪如此忠心耿耿，点点头，上了他的马，曹洪脱了盔甲，拖着刀，一路小跑保护着曹操往回走，总算狼狈不堪地回到了大营。

孙坚这边还在洛阳皇宫里救火。过去金碧辉煌的宫殿，已经烧成了一堆废墟。孙坚看着这一片惨状，心里一阵阵难过。

忽然远处几个士兵叫嚷起来，孙坚过去一看，原来那里有一口井，士兵们从井里捞出一具宫女的尸体，脖子上还挂着一个锦囊，锦囊里有一个小盒子。孙坚连忙打开盒子一看，里面竟然是一方精美的玉印，上面刻着八个大字："受命于天，既寿永昌。"

部将程普一看，连忙说："主公，大喜事呀！这就是传国玉玺，从秦朝一直传到大汉。历朝皇帝就靠它号令天下。最近十常侍作乱，听说这玉玺不知下落了，没想到在这里。现在落到您手里，说不定您日后也能称王称帝呢。咱们赶紧带着它回到江东，干咱们的大事去！"

第九章
藏国玺孙坚散盟军

孙坚想了想说:"有道理,明天就说我生病了,咱们立即回江东!"

没想到孙坚手下有个士兵跟袁绍是同乡,他当晚就跑出来,把事情偷偷告诉了袁绍。等孙坚第二天来托病告辞,袁绍就冷笑着说:"你生的是传国玉玺的病吧?"

孙坚大吃一惊,说:"何出此言?"

袁绍说:"咱们起兵是为国除害,你既然得了朝廷的玉玺,就应该当着大家的面,交给盟主保管。等消灭了董卓,再还给朝廷。你偷偷拿走,到底想要干什么?"

孙坚当即赌咒发誓,说自己从没见过玉玺。袁绍于是把那士兵叫出来对质。双方大吵了一场,几乎要动刀动剑,幸亏被众诸

侯劝住。孙坚气呼呼地辞别了众人,带兵回江东去了。

孙坚走了,各路诸侯也都各怀心事,按曹操最初定的计划,大家齐心合力消灭董卓,肯定是办不到了。众人都觉得很没意思,就各自带兵回了自己的驻地。一场轰轰烈烈的讨董壮举,就这样无声无息地散伙了。

第十章
争河北袁绍战公孙

盟军解散后,袁绍在河内郡(今天的河南省武陟县)驻军,经常因为缺少粮草发愁。

冀州牧韩馥从前是靠着袁家发达起来的,对袁家很有感情,就送去一批粮食。没想到袁绍的谋士逢(páng)纪出主意说:"看来冀州有钱有粮,是块肥肉,不如直接发兵占了吧。"

袁绍也有点动心,说:"冀州可没那么好打,除非想个好办法。"

逢纪建议:"冀州夹在我们和北平之间,可以写封密信给北平太守公孙瓒约他先起兵,就说我们和他南北夹攻,事成后把冀州平分。韩馥是个没主意的人,一定会请您去帮忙。您就可以趁机夺了冀州。"

袁绍听了很高兴,就依计而行。公孙瓒果然带兵打了过来。韩馥慌了,赶紧来请袁绍,以为可以仗着袁绍的力量保护自己。没想到袁绍一进城就夺了韩馥的权,在冀州上上下下都安排了自己的人。韩馥没办法，只好逃走了。

公孙瓒听说袁绍占了冀州，就派了弟弟公孙越来，要求兑现诺言，平分冀州的土地。没想到袁绍不但赖账，还在半路上埋伏下人马，乱箭射死了公孙越。

公孙瓒这下气得火冒三丈，他亲率大军，杀到冀州来。袁绍也带兵到磐（pán）河迎战。公孙瓒大骂："袁绍，你这个无耻的东西！当初我们推举你做盟主，没想到你竟干这种背信弃义的勾当！"

袁绍冷笑着说："冀州是韩馥自愿让给我的，跟你有什么关系？"

第十章
争河北袁绍战公孙

　　说完，他一抬手，大将文丑就拍马挺枪，杀上桥去。公孙瓒跟文丑打了十几个回合，抵挡不住，转身败走。文丑乘胜追赶，一口气冲进公孙瓒的队伍里，左右冲杀。公孙瓒手下四员副将一起出来抵挡，被文丑一连几枪，杀得四散奔逃。

　　公孙瓒吓得拍马就逃。逃来逃去，进了一条山谷。文丑在后面边追边喊："公孙瓒！快下马投降！"公孙瓒跑得弓箭也掉了，头盔也没了，披头散发，十分狼狈。

　　翻过一道山坡，公孙瓒的马跑累了，向前一栽，一下子把他掀翻在地上。文丑趁机挺枪刺来，眼看公孙瓒就要性命不保了。

就在这危急时刻，山坡旁边冲出一位年轻的将军，长得浓眉大眼，十分威风。只见他纵马飞身而来，挺枪挡住文丑。文丑是袁绍手下顶尖的大将，这人和他大战了五六十个回合，竟然不分胜负。

两人激战了很久，总算等到公孙瓒的救兵赶来。文丑见占不到便宜，只好拨马回去了。公孙瓒连忙问小将姓名，那人说："我是常山真定（今天的河北省正定县）人，姓赵名云，字子龙。本来在袁绍手下，但我看袁绍没有忠君救民之心，就跑出来投奔您，没想到在这里遇见了。"公孙瓒喜出望外，带着赵云回寨休息。

第二天，公孙瓒重整人马，派大将严纲做先锋，又来挑战袁绍。袁绍叫颜良、文丑各带一队弓弩手，分列左右。左队专门射公孙瓒的右军，右队专门射公孙瓒的左军。又叫大将麴（qǔ）义在阵前排开一列盾牌，让弓弩手都藏在盾牌后面。

小黑： 弓和弩不是一回事儿吗？

小蓝： 弩比弓杀伤力更强，弓用手拉开就能放箭；而弩要先用脚蹬住，用全身力量才能拉开。弩还可以预先把弦上好，等待合适的机会再放箭。

第十章
争河北袁绍战公孙

双方在界桥摆开阵势,刚一开战,严纲就带人大喊大叫地杀了上来。袁军一开始纹丝不动,只等严纲冲到近前,随着一声炮响,弓弩手一起站起身来,嗖嗖嗖,万箭齐发,把严纲的士兵射倒了一片。严纲吓得扭头就跑,麹义拍马提刀冲了上去,喀嚓一刀,就把严纲砍了,然后一通冲杀,把公孙瓒的这支先头部队杀得七零八落。

公孙瓒正打算令左右两军来接应,谁想到颜良、文丑早就盯着他们了,这时开弓搭箭,又是一阵乱射。左右两路人马一时都冲不上来,中路就空虚了。麹义趁机长驱直入,一口气杀到公孙

瓒的帅旗下面，大刀一挥，就把帅旗砍倒了。公孙瓒吓得忙往后军逃跑。

麹义以为公孙瓒的先锋已经阵亡，左右两军一时又没法靠近，后面再也没有什么人了，就放心大胆地追杀上来。没想到一员小将突然拦住了去路，正是赵云。原来公孙瓒刚收下赵云，还没摸清他的底细，对他不太信任，就叫他暂时在后军驻防。

麹义不认识赵云，就没把他放在眼里，舞刀迎战。没想到没几个回合，赵云一枪就把麹义刺于马下，紧接着赵云一马当先，杀进袁绍军中，左冲右突，如入无人之境。公孙瓒这才缓过气来，聚齐人马杀回，把袁绍军队打得大败。

袁绍正在后方大帐里等消息，先是听说敌将严纲被斩，心里很得意；又听说麹义砍倒了公孙瓒的大旗，把公孙瓒追得到处跑，更是高兴得坐不住，对谋士田丰说："走，我们出营看看去！"

小黑：旗帜在打仗的时候很重要吗？

小红：古代通信不发达，要靠旗帜传达命令，所以叫"旗号"。而中央大旗就是所有旗号的指挥中心。大旗一倒，主帅没有办法指挥全军，战争就要失败。

袁绍以为这一仗赢定了，就没多带人马，只和田丰领着百十来个士兵出来。他一边远远观望，一边哈哈大笑，说："公孙瓒啊公孙瓒，真是个无能之辈！"

他正在说笑，前面忽然冲出一员小将，直奔他杀来。还没等袁绍身边的弓箭手拉开弓，那小将早就冲到面前，一枪一个，一连刺杀了好几个人。这小将正是赵云。再一看赵云身后，黑压压的一大片团团围了上来，全是公孙瓒的军队。

田丰慌忙对袁绍说："主公，前面有一处空墙，快进去躲躲吧！"袁绍把头盔往地上一摔，大声喊道："男子汉大丈夫，死就死在阵上，怎么能跑到墙后躲起来？"

袁绍手下众兵一看主公这样坚决，士气大涨，大家齐心死战，在袁绍四周围成一道人墙，抵挡赵云。赵云虽然武艺高强，但一时还真杀不进去。这样拖了一阵子，袁绍的大将颜良就带着大队人马赶到了。赵云寡不敌众，只好撤退。

袁绍一看自己的大军到了，胆也壮了，反过来追杀公孙瓒。赵云护着公孙瓒杀出重围，一口气跑到界桥。有些士兵来不及过桥，被袁军赶进河里，淹死的不计其数。

袁绍得意扬扬地追过了界桥，没想到追了不到五里地，就听山背后人喊马嘶，冲出一队人马，为首的三员大将竟然是刘备、关羽、张飞！原来他们听说公孙瓒和袁绍交战，特地赶来帮忙。袁绍认出这是当年虎牢关战吕布的刘、关、张，吓得魂飞天外，手里的宝刀啪嗒一声掉在了地上，赶紧拨马就跑，一口气逃过界桥。公孙瓒这边也不追赶，收兵回去了。

"这就是常山赵子龙啊!" "好威风!"

刘、关、张来见公孙瓒,公孙瓒满口道谢,又把赵云介绍给三人认识。很快,赵云就觉得刘备这个人胸怀大志,比公孙瓒、袁绍都强多了。

袁绍和公孙瓒这一场大战,连董卓都听说了。董卓觉得这是拉拢两个人的好机会,就打着汉献帝的名义,派人去给双方讲和。这样一来,袁绍和公孙瓒共同占据了河北。公孙瓒又趁机举荐刘备为平原相。河北的这场战火这才算平息下来。

第十一章
王司徒巧使连环计

盟军解散后，各方势力互相攻打，乱作一团。袁绍、公孙瓒占了河北，江东孙坚攻打荆州刘表，被刘表部将设计杀死。董卓笼络住了袁绍，又没了孙坚这个心腹大患，就更加肆无忌惮了。

董卓自封为太师，把自家亲戚，无论年纪大小、功劳多少，都封了大官；反对他的，就用各种残忍的手段处死。他强征了二十五万民工，在离长安城二百五十里的地方修建了一座巨大的城郭，取名叫"郿（méi）坞（wù）"，在里面囤积了足够吃二十年的粮食，

小粉： 坞是什么？

小蓝： 坞是一种坚固的堡垒，有厚厚的围墙。东汉末年社会动荡，大家族为了自保常常修建坞堡居住。三国时期的英雄，很多都是从坞堡出来的。

又抢了八百名民间少年美女关在里面。郿坞里堆积的金银财宝、绫罗绸缎不计其数。

有一天，司徒王允参加完董卓的宴会回到府中，想到董卓的种种暴行，晚上睡不着觉，来到后花园散步。忽然，他听到有人在园子里长叹，上前一看，竟然是家养的歌伎貂蝉。

王允连忙喝问缘由。貂蝉跪下回答："我最近见大人每天紧锁眉头，肯定在担心什么国家大事。我一个小小的歌女，帮不上什么忙，只能叹气，没想到被大人发现了，假如大人有用到我的地方，我万死不辞。"

王允又惊又喜，连忙扶她起来，说："想不到啊想不到，大汉的江山，竟然要靠你来挽救了！你随我来，我告诉你怎么办。"

第二天，王允摆下宴席，请吕布来家里喝酒。喝着喝着，王允就把貂蝉喊了出来，说："这是我女儿貂蝉，来见过将军。"吕布看到貂蝉美若天仙，一下子就惊呆了。王允趁机恭维说："我们一家全仗着将军照顾呢。"然后叫貂蝉给吕布敬酒。

貂蝉陪吕布喝了几杯酒，吕布对貂蝉更加恋恋不舍。王允见机会来了，就说："将军要是不嫌弃，我把貂蝉送给将军为妾，你看好不好？"

吕布喜出望外，连连道谢，说："要是司徒大人肯把貂蝉下嫁，我吕布愿效犬马之劳！"

王允说："等我选一个良辰吉日，把貂蝉送到将军府上。"吕

第十一章
王司徒巧使连环计

布千恩万谢，告辞回去了。

过了几天，王允上朝时趁吕布不在，对董卓说："我备了一点薄酒，想请太师赏光到家里喝一杯。"王允是朝中老臣，董卓也不好推辞，就答应了。

第二天，王允大摆宴席，专等董卓到来。酒席间，王允不住地奉承董卓："我懂一些天文，最近夜观天象，发现汉朝气数已尽，太师的功德遍及天下，万人景仰，早就该登上大位，代汉自立了。"

这句话正好说中了董卓的心事。董卓心里高兴，可嘴里还得客套一番："哎呀，王大人言重了，我哪敢巴望这种事啊？"

王允忙说："古话说'有道伐无道，无德让有德'，这正是理所应当的事情嘛！"

嗯！

这个姐姐真好看！

经王允这么一捧,又灌了几杯酒,董卓心里乐开了花,以为王允真心巴结他,就说:"要是真有那么一天,王司徒就是开国元勋了!"王允连忙拜谢。

两人又喝了几杯,天色已晚,王允叫人放下帘子,众舞女簇拥着貂蝉出来,在帘外载歌载舞。董卓见貂蝉如此貌美,眼睛都看直了。他忙把貂蝉叫到身前,让她唱了一支曲子。貂蝉能歌善舞,哄得董卓心花怒放。

王允见董卓对貂蝉动了心,趁机说:"我想把此女献给太师,不知道太师能不能赏这个脸呢?"

董卓也高兴坏了,连连道谢。王允客套了几句,就叫人备车,亲自把貂蝉和董卓送回府去。

王允转身回家,还没到半路,就见吕布气冲冲地赶了过来,一把揪住他的衣服，嚷道："王司徒！你不是把貂蝉许给我了吗？怎么又送给了太师？"

王允连忙解释："将军错怪我了。今天太师来到我家里，说：'我听说你把女儿貂蝉许配给了我儿奉先。今天正好是个良辰吉日，就交给我带回去好了。'将军你想，太师都这么说了，我哪敢说个不字，只能赶紧把貂蝉喊出来，交给太师带走。你等几天，太师肯定会把貂蝉还给你。"

吕布听完也就信了："是我鲁莽了。"他拱拱手，道个歉，转身离去。

董卓自从得了貂蝉，天天寻欢作乐，一个多月不理政务。这天，吕布进房问安，董卓还在睡觉，就见貂蝉从床后探出半个身子，用手指心，又用手指董卓，眼泪汪汪的，看上去十分可怜。吕布心里就像针扎一样，目不转睛地看着貂蝉。董卓醒来扭头看见这一幕，勃然大怒，喝道："你竟敢调戏我的爱姬！"就把吕布赶了出去。

又过了几天，董卓进宫和汉献帝谈事情，很久都没有出来。吕布就趁机跑回太师府，总算在后花园凤仪亭见到了貂蝉。

貂蝉哭着对吕布说："我自从见了将军，就打算以身相许。没想到太师心存不良，霸占了我。我恨不得立即就去死，只因想与你当面诀别，才忍辱偷生。现在见到了你，心愿已了。如今我就死在你面前，再也没什么牵挂了！"说完，她攀上栏杆，就要往荷花池里跳。

吕布慌忙抱住貂蝉，流着泪说："别这样！我知道你的心了。我此生如果不能娶你为妻，就不算英雄好汉！"

貂蝉哭着说："我在这里度日如年，你可要想办法救我呀！"

吕布为难地说："我今天是偷空来的，董卓老贼还不知道。我得赶紧回去，不然他一定起疑。"说完，他提起画戟，转身就要出去。

貂蝉一把拉住他的衣服，泪流满面地说："没想到你这样惧怕老贼，那我……我哪里还有见天日的机会？我以为你是盖世的英雄，哪想到也要受他人摆布呀？"

吕布被挤对得又羞又愧，只好又把画戟靠在旁边，回身抱住貂蝉，好言安慰。

董卓谈了一会儿事情，回头发现吕布不在身边，就连忙辞别献帝，上车回府。他一路找到后花园凤仪亭，果然发现吕布和貂蝉正在那里亲亲密密地说话。董卓不禁勃然大怒，大吼一声，冲了过去。吕布吓了一跳，慌得画戟也不要了，转身就跑。

董卓气疯了，一把抓过画戟就追了上来。但他身体肥胖，追不上吕布，就举起画戟，像投标枪一样，嗖的一下朝吕布扔了过去。他力气很大，这一下如果击中，吕布非得丧命不可。

好在吕布身手敏捷，他一伸胳膊，当的一声，把画戟打落在地上，转身扭头又跑，总算甩脱了董卓。

第十一章
王司徒巧使连环计

董卓追出门,不见了吕布,倒和迎面赶来的李儒撞了个满怀。李儒连忙扶起董卓,只见他气喘吁吁,怒气冲天,口口声声要杀了吕布。

李儒劝他说:"吕布是您的心腹猛将,貂蝉不过是个歌女,太师何必动怒呢?不如把貂蝉赐给吕布,吕布一定感恩戴德,以死相报。"

董卓想想也对,就来跟貂蝉商量。

猜猜貂蝉会答应吗? 请将解密卡叠在此处。

　　这番话果然又骗住了董卓,吓得他连哄带劝,总算把貂蝉安抚住。第二天,又把李儒训斥了一番。这下,不但吕布,连李儒都跟董卓疏远了。

第十二章
吕奉先倒戈除董卓

貂蝉连续用计离间了董卓和吕布、李儒的关系,又跟董卓说害怕吕布,要搬到郿坞去住。第二天,董卓就下令搬去郿邬,文武百官都来送别。

吕布被董卓冷落,一直没能进府伺候,这回也只得来送别。董卓的车队经过时,吕布一眼就望见了貂蝉,貂蝉用袖子掩着脸,做出十分悲痛的样子。吕布心里更加不是滋味了。

等董卓的车队走远,百官散尽,吕布还站在土坡上,向远处呆呆地望着。这时就听身后有人说道:"吕将军,你没跟太师一起去郿坞,在这里干什么?"吕布回头一看,原来是王允。

吕布恨恨地说:"还不是因为你的女儿!"王允假装吃惊:"什么?过了这么久,董公还没把貂蝉给将军吗?"吕布咬牙切齿地说:"老贼早就据为己有了!"

王允拉住吕布:"这里不方便说话,到我家里去谈。"

王允把吕布带到家里,又听他把凤仪亭的事详细说了一遍,假装悲愤地说："唉！太师污辱我女儿，强夺将军的爱妻，一定会被天下人耻笑啊。他们不是笑话太师，而是笑话咱们俩。我老了，本来也是个无能之辈，倒没什么；可惜将军你是盖世英雄，怎么能受这样的奇耻大辱呀！"

吕布本来心里就有火，被王允这么一说，忍不住怒气冲天，拍着桌子大叫起来："我一定要杀了这老贼！"王允连忙说："将军小点声，别连累了我呀。"

吕布勉强坐了下来，愤愤不平地说："哼！男子汉大丈夫，怎么能一直屈居人下？"王允顺着他说："那是自然，以将军的本领，在董太师手下，可真是太屈才了。"吕布想了想，又有些为难，说："我早就想杀了这老贼，无奈我们有父子之情，只怕被人议论。"

第十二章
吕奉先倒戈除董卓

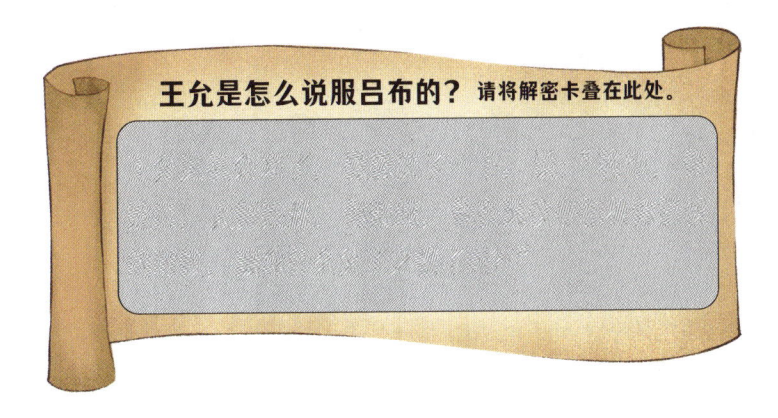

王允是怎么说服吕布的? 请将解密卡叠在此处。

这句话彻底点醒了吕布,他腾地站起身来,说:"要不是司徒大人这句话,我险些误入歧途,我懂了。"

王允见他心意已决,就进一步劝他:"将军如果扶保汉室,就是忠臣,青史传名,流芳百世;将军要是辅助董卓,就是反臣,众人唾骂,遗臭万年。将军啊将军,你好好想想吧!"

吕布向王允一抱拳:"我决心已定,司徒放心!司徒如不信,我刺臂出血为誓!"说完拔出腰刀,向胳膊上一划,鲜血立刻涌出。

王允知道吕布这次是真的下了决心,就说:"多谢将军,等我想出计策,再告诉你怎么办。"吕布答应后离开了。

但是董卓身在郿坞,戒备森严,旁人轻易不能接近,怎么才能除掉他呢? 王允打听到李肃最近对董卓怨气很大,因为李肃立了不少功劳,董卓却一直不给他升官。王允就想出一个办法。

王允让李肃去请董卓进宫,说皇帝想把天子之位让给董卓,

叫他进宫商议。董卓只要一进宫，预先埋伏的武士就可以趁机下手了。

　　李肃立即来到郿坞，面见董卓。他跟随董卓多年，董卓对他并不怀疑，又听说自己要当皇帝了，更是乐得手舞足蹈，还承诺李肃："我要是当了皇帝，一定封你做大官。"又对貂蝉说："等我当了皇帝，就封你做贵妃。"貂蝉自然知道内情，假装高兴地磕头拜谢。

　　李肃陪着董卓上了车往外走，走了不到三十里，一个车轮松动了，脱落了下来。董卓只好骑马前进，没过多久，马的辔（pèi）头又突然断了，董卓心里有点不安，问李肃："车轮掉了，辔头断了，这是什么兆头啊？"李肃很会哄他，说："这说明您该弃旧换新，改坐玉辇（niǎn）龙车啦！"董卓被哄得心花怒放，继续前行。

　　第二天晚上，董卓听到路边一群小孩拍着手唱儿歌："千里草，何青青！十日上，不得生！"董卓觉得很奇怪，就又问李肃：

第十二章
吕奉先倒戈除董卓

"这些小孩唱的儿歌是什么意思?"李肃支支吾吾地说:"没什么,没什么,就是汉朝当灭,董氏当兴的意思。"

小黄:他们唱的儿歌是什么意思呢?

小红:这是一首字谜。"千里草"合成"董"字,"十日上"合成"卓"字,表达了百姓对董卓的怨恨,暗示了董卓的最终结局。

到了早上,一行人来到皇宫门口。只见文武百官一个个身穿朝服,都来迎接。李肃手持宝剑,把董卓的车一口气推进了宫门。就见王允手里拿着明晃晃的宝剑,领着一群大臣,在大殿门口气昂昂地站着。

董卓这才吃了一惊,回头问李肃:"不是说皇帝要让位吗?这些人拿刀动剑

的，是要干什么？"

李肃也不说话，低着头，推着车，一直朝前走。董卓心里越来越慌，又没法下车，一眨眼就到了王允面前。王允见这奸贼总算来了，就举起宝剑大喝一声："董卓反贼已到，士兵在哪里？"

只听呼啦啦一阵响，上百个兵士从两旁冲出来，拿着长矛，朝董卓身上刺去。眼看这奸贼就要被万矛穿身了！哪想到只听得一阵叮叮叮的声音，这些长矛竟然一根都没戳进去。原来董卓也留了个心眼，他怕被人暗害，平时都贴身穿着厚厚的铠甲，再罩上长袍，从外面看不出来。一般的兵器刺不透，只是他抬手抵挡的时候，被划伤了手臂。

董卓气急败坏，他忍着痛，一骨碌滚下车来，大喊道："我儿奉先在哪里？快来救命！"

只听吕布答应一声："在这里！"就从车后冒了出来。他手提方天画戟，指着董卓大喝一声："我奉圣旨杀贼！董卓老贼，今天我定取你性命！"

董卓大吃一惊，指着吕布说："你！你！你怎么……"

董卓的话还没说完，吕布举起画戟就刺了过来，扑哧一声，刺穿了他的喉咙，董卓当场身亡。这个恶贯满盈的奸贼总算得到了应有的下场。

杀了董卓后，王允又下令捉拿董卓余党，并去郿坞查抄他的家产，抄出黄金数十万、白银数百万，粮食不计其数，把董卓抢

第十二章
吕奉先倒戈除董卓

来的几百名少年美女也都放了。

董卓死了,长安城的老百姓可乐坏了,家家摆酒庆贺,人人喜上眉梢。因为这些年他们被董卓害惨了。

不过,好景不长,董卓的部将李傕、郭汜逃走后,又聚集了一批人马,杀回长安。吕布出城迎战,他有勇无谋,很快就被乱军攻破城池,只好舍弃家小逃走。王允宁死不屈,被李傕、郭汜杀了。汉献帝被李傕、郭汜控制了起来,日子更不好过了。

第十三章

病陶公三让徐州牧

长安城的东汉朝廷正一团糟的时候,曹操却在兖(yǎn)州一带发展了起来。这段时间,先后有名士荀彧(yù)、荀攸、程昱、郭嘉等人来投奔,曹操就留他们在身边做谋士;又有勇士于禁、典韦等投入帐下,曹操就让他们带兵打仗。从此,曹操文有谋臣,武有猛将,济济一堂,威震山东。

曹操站稳了脚跟,就派人去接老父亲曹嵩,打算让他在自己身边养老。路上经过徐州时,徐州太守陶谦为人厚道,又很想结交曹操,就派手下都尉率兵护送曹嵩一行。没想到这一护送,却出了大事。

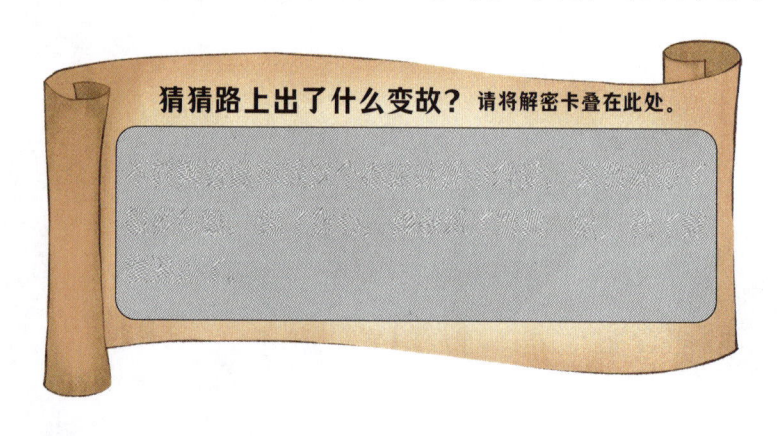

猜猜路上出了什么变故? 请将解密卡叠在此处。

第十三章
病陶公三让徐州牧

曹操得到消息,哭得昏了过去。被众将救起后,他咬牙切齿地说:"陶谦纵容手下杀了我父亲,这是不共戴天之仇!我要发兵血洗徐州,消我心头之恨!"他就带着夏侯惇、于禁、典韦等人,浩浩荡荡杀向徐州。

陶谦听说曹操大军来到,急得痛哭流涕:"这是我的罪过,怎能让徐州百姓遭此大难!只要能救百姓,我宁愿出城投降,要杀要剐任他曹操处置。"

谋士糜(mí)竺说:"这里离北海郡不远,不如去向北海太守孔融求助,请他派些救兵来。"

糜竺到了北海求救,孔融得知原委后修书请刘备兄弟来帮忙。刘备又去公孙瓒那里借来了赵云,集结了五千人马,杀向徐州来。这股生力军十分勇猛,围城的曹兵抵挡不住。于禁出马迎敌,被张飞杀退。陶谦急忙开门接应,把刘备等人迎进城里,大摆宴席,给他们接风。

宴会上,陶谦把徐州的牌印拿了出来,双手端着,恭恭敬敬地递给刘备。刘备一

愣:"陶公这是什么意思?"

陶谦说:"现在天下大乱,朝廷无能,您是汉室宗亲,正该建功立业。我老了,无德无才,愿把徐州让给您,我回家养老就心满意足了。"

刘备连忙说:"这可不行,我德行浅薄,做平原相怕还不称职,怎么能掌管徐州? 我带兵来救徐州,完全是出于道义,可不是有意吞并您的土地。"

陶谦和刘备推来让去,糜竺在旁边说:"这样吧,现在曹兵还在城外,咱们先商量个退敌之策。以后的事慢慢再说。"陶谦这才作罢。

刘备想了想:"与其你攻我打,不如讲和。我写封信给曹操,劝他退兵。他如果不听,再刀兵相见也来得及。"他就写了封信,派人给城外的曹操送去。

曹操看了信,大骂道:"刘备算个什么东西,也敢写信来劝我!"说完就要发兵攻城,正在此时,有人来报,说吕布已攻破后方兖州,现在正进逼濮阳。原来吕布自从长安败逃后,到处投奔人。陈留太守张邈收留了他,叫他去攻打曹操的地盘。

曹操大吃一惊:"兖州要是丢了,我们就无家可归了,得赶紧回去。"谋士郭嘉建议:"主公正好卖个人情给刘备,趁机退兵。"曹操就给刘备写了封回信,连夜拔营走了。

陶谦得知曹兵一夜间退得干干净净,又惊又喜,连忙把刘备

第十三章
病陶公三让徐州牧

请来,又要把徐州让给刘备。刘备坚决推辞,说:"孔文举(孔融的字)叫我来救徐州是为了道义,如果我占据徐州,天下人都会以为我刘备是无义之人。"

在场众人也纷纷劝刘备接受,刘备执意拒绝,陶谦无奈,只好请刘备暂时在徐州旁边的小沛城里驻军,随时保卫徐州的安全。刘备这才答应下来。

曹操领兵回去后,才发现当年弃他而去的陈宫,如今做了吕布的谋士,帮他出谋划策。兖州、濮阳都落到了吕布的手里,只有鄄(juàn)城、东阿、范县几处小城,仗着荀彧、程昱设计死守,没被吕布攻下。

曹操大怒,下令进兵濮阳,吕布如今已经今非昔比,手下又新添了张辽、高顺等几员大将,一阵混战,杀得曹操大败而逃。

陈宫给吕布出主意:"我们可以让城里的富户田氏给曹操送一封信,就说濮阳富户都对我们不满,可以做内应,引诱曹操杀进城来,咱们就在四门放火,曹操就算插翅也逃不掉了。"吕布大喜,依计而行。

曹操刚吃了败仗,一心想扳回一局,看到信果然没有怀疑,就带着兵进了城。他一直走到州府衙门,发现路上空无一人,才知道中了计,连忙下令退兵。只听州衙里一声炮响,四座城门同时起火,呐喊声响成一片。东边杀出张辽,西边杀出臧(zāng)霸,南门被高顺、侯成拦住。

曹操大惊，连忙奔向北门，想硬冲出去，只见前面一片火光，吕布挺着方天画戟，骑着赤兔马来了！曹操吓得魂飞魄散，连忙用手捂着脸，一低头，和吕布擦身而过。

吕布兜回马来赶上，用戟在曹操头盔上一敲，问道："喂，见到曹操没有？"曹操用手向前一指："前面骑黄马的就是他。"吕布倒也好骗，就丢下曹操，纵马向前，一路追下去了。

曹操赶紧拨转马头，又向东门逃去，幸亏遇到大将典韦。典韦保着曹操，杀出一条血路，直冲到城门边。城门里已经火光冲天，城墙上还不断有着火的柴草扔下来。典韦用戟拨开柴草，冒着大火，带着曹操就往外冲。

刚冲进城门洞，一条木梁被火烧断，哗啦一声掉了下来，正好砸在曹操的马上。曹操全身被烧伤了好几处，幸亏典韦赶紧回马，拼死把曹操救了出去，这才算保住他一条性命。

第十三章
病陶公三让徐州牧

就这样,曹操和吕布为争夺地盘,僵持了许久。不料,这时闹起蝗虫来,老百姓的庄稼都被吃了。曹操、吕布没有了军粮,只好各自罢兵。

这时候,徐州的陶谦得了重病,眼看就要不行了。糜竺说:"曹兵虽然走了,保不准什么时候还回来。现在您病得厉害,不如把刘玄德请来,让他主持徐州大局。"陶谦于是派人去小沛请刘备来商议。

陶谦在病床上苦苦哀求,可刘备就是不答应。陶谦死后,众官和徐州百姓也来劝刘备,刘备这才应下,成为徐州牧,陶谦手下的孙乾、糜竺、陈登等人,都被委以重任。

曹操听说刘备当上了徐州牧,气得直跳脚,说:"我大仇还没报,陶谦老贼竟然就先死了!还让刘备捡了个大便宜,占了徐州!我要先杀刘备,再刨陶谦的坟,给我父亲报仇雪恨!"

荀彧劝道："我们现在根基还不稳，不妨先把徐州放一放，慢慢发展壮大自己才是道理。"

曹操是个头脑清楚的人，听荀彧这么一说，也就打消了再次攻打徐州的念头，转而经营自己的势力。

没多久，曹操就赶跑了吕布，收复了兖州，占领了山东大部分地盘。吕布走投无路，只好去徐州投奔刘备。刘备就叫他在徐州城附近的小沛驻扎，做个帮手。就这样，山东地界总算平静了一段时间，没有发生大的战争。

第十四章
鲁张飞醉酒失徐州

长安城里,董卓的部下李傕、郭汜挟持了汉献帝后,没几年就发生了一场内讧,两人自相残杀。大臣杨奉、国舅董承等人保护着献帝逃离长安,又回到洛阳。

这时候洛阳已经是一片废墟,皇宫里没有一间完整的房子。文武百官上朝,都在杂草里站着。城里只剩下几百户人家,没什么吃的,只能去城外剥树皮、挖草根充饥。大臣们以前养尊处优惯了,现在得自己出去采食杂草。有的官员受不了这个苦,就倒在破墙边饿死了。

太尉杨彪觉得这日子实在过不下去,他看到曹操现在兵强马壮,势力强盛,就给献帝出主意,叫他下旨,让曹操入朝,辅佐朝廷。

曹操得到消息,一时拿不准要不要去,就聚集谋士们商议。荀彧说:"主公,这是个大好的机会! 现在天子有难,您这个时候应该第一个站出来,迎奉天子来顺应天下人心。这步棋可算得上空前绝后。如果不赶紧动身,天子被其他人接了去,就麻烦了。"曹操于是立即发兵去洛阳。

但洛阳实在是太残破了,曹操听取了大臣的主意,把献帝迁到许都。许都比洛阳繁华,物资充足。曹操在许都给献帝新盖了宫殿,修建了城墙,添置了各种设施,总算把这个临时朝廷安顿了下来。但从此大小事情都要先禀告曹操,再上报献帝。朝廷大权就被曹操牢牢把握在手里了。

大局已定,曹操要做的第一件事就是除掉盘踞在徐州的刘备。此时刘备手下有关羽、张飞辅佐,又有吕布赶去投奔,已

小黄: 为什么要迁都许昌?

小蓝: 许昌位于洛阳东南方,属于颍川郡,离北方的袁绍、西边的西凉等强大势力比较远,相对安全。颍川在汉代是人才荟萃之地,把都城定在这里,也容易吸纳周边的人才。

第十四章
鲁张飞醉酒失徐州

经渐渐成了气候。

谋士荀彧出了个"二虎竞食"之计。因为刘备这个徐州牧是自封的,还没有得到朝廷的承认。荀彧就让曹操以献帝的名义,正式封刘备做徐州牧。然后给刘备写封密信,要他杀了吕布。荀彧认为:刘备和吕布并不是一条心。如果事成,刘备就没了吕布这个帮手;如果事不成,吕布一定会反过来杀了刘备。无论如何都能削弱徐州方面的力量。

刘备接到信,正在为难,张飞就嚷嚷起来,一定要杀了吕布。

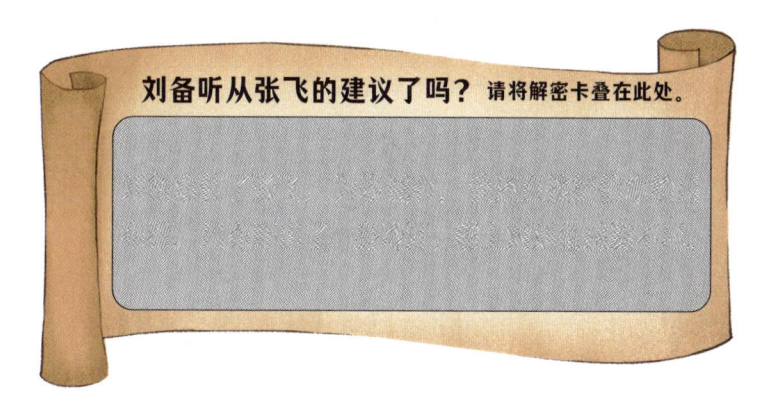

刘备听从张飞的建议了吗? 请将解密卡叠在此处。

荀彧一计不成,又生一计,这次的计策叫"驱虎吞狼":徐州的南边是袁术的地盘,曹操用朝廷的名义下诏书给刘备,叫他去打袁术。刘备不敢不听。等刘备离开了徐州,城里空虚,吕布一定会打徐州的主意,两边就能自相残杀起来。

刘备虽然明白这是曹操的奸计,但接到诏书也只得动身。孙乾说:"您走了,得有一位大将守城。您看把谁留下呢?"

小黑：刘备用的是激将法吗？

小红：激将法，就是利用别人的自尊心和逆反心理，以"刺激"的方式，激起不服输情绪，反而能使人把事情做成。

关羽请缨："我留下吧！"刘备不答应："二弟，你得在我身边，有事还得跟你商量，咱俩不能分开。"

张飞这时候说话了："大哥！小弟愿意留守徐州。"刘备说："你不行。第一，你喜欢喝酒，一喝就醉，一醉就撒酒疯，一撒酒疯，你就要拿鞭子抽打士兵，这个习惯太不好了。第二，你这个人太鲁莽，不肯听人劝告，所以我不放心。"

张飞连忙打包票说："大哥您放心，我从此以后滴酒不沾，也不打手下人了，我也听人劝了，您就让我守城吧！"

他跟刘备磨了半天，刘备这才答应，但还是不放心，又让谋士陈登辅佐张飞一起守城。刘备这边千叮咛万嘱咐，安排好了，这才带兵马离开徐州，攻打袁术去了。

张飞把刘备送走之后，真的很用心，所有的军机大事都跟陈登和文武百官商量。一段时间过去，并没有出什么事。

有一天，张飞摆下宴席，请官员们来赴宴。张飞说："我大哥临走时，要我少喝酒。今天我们就最后过把瘾，一醉方休。从明

第十四章
鲁张飞醉酒失徐州

天起，我们全体戒酒守城。"

文武百官不敢说什么，也不敢得罪他，只好陪着他喝起来。张飞端着酒杯走来走去，见人就干杯，不一会儿，来到了武将曹豹的面前，叫他喝酒。曹豹赶紧推辞："我这人从小就不能喝酒，是天生的。"

张飞一听，眼就瞪圆了："什么天生地生？胡说八道！咱们武将，上战场厮杀的人，怎么能不喝酒呢？不行！你今天就得给我喝一杯！"

曹豹害怕了，他怕张飞太鲁莽，如果死活不喝的话，张飞没准挥拳就打。没办法，他只能勉强喝了一杯。

张飞一看就笑了："啊哈哈哈！你这不是能喝酒吗？来来来，你再干一杯！"曹豹说："翼德公，我实在是不能喝啦。"张飞也醉了，说："你这不也喝了吗？你能喝第一杯，就能喝第二杯，你要是不喝，那就是违背我的军令。来人啊！给我拿下！打一百鞭子！"

陈登赶紧跑过来劝："张将军，主公临走时吩咐你什么来着？你怎么又要耍酒疯打人？"张飞眼一瞪："嘿，你是文官，你管文官的事就行了！给我打！"

曹豹赶紧求情："翼德公，你就看在我女婿的面上，饶我一命吧。"张飞问："你女婿是谁？"曹豹说："我女婿是吕布。"

这下张飞更生气了，因为他和吕布一直不和，当即就大喝道：

小粉：张飞为什么要打曹豹？

小红：张飞打曹豹，其实是表达对吕布的不满。根据历史记载，张飞不喜欢吕布的为人，心里总是很不服气。

"我本来不想打你，你竟然拿吕布来吓唬我，这回我偏要打你！打你，就是打吕布！"大伙怎么劝也劝不住。军士把曹豹捆下去，乒乒乓乓，足足打了五十皮鞭，才在众人的劝阻下停止。

曹豹被打得遍体鳞伤，这口气没处出，就偷偷去给吕布送信，说："张飞蛮不讲理，现在徐州空虚，今天晚上可以趁张飞喝醉了，

别冲动！

不要！

第十四章
鲁张飞醉酒失徐州

带兵偷袭徐州。"

吕布在小沛早就憋坏了,他当机立断,点齐人马,就往徐州奔来。曹豹早等在里边接应,偷偷打开了城门。

张飞喝多了,这时候正在府里睡觉。手下闯进来把他摇醒:"张将军,不好啦!吕布杀进来了!"张飞吓了一跳,赶紧穿上盔甲,手拿丈八蛇矛,来迎战吕布。

张飞酒还没有醒,招架不住,打了几个回合,见势不好,只好掉头就跑,带着十几个小兵,杀出东门去找刘备了。

刘备正在前线和袁术作战,见张飞来了,大吃一惊,这才知道徐州丢了。关羽把张飞好一通埋怨,张飞又羞又愧,拔剑就要自杀。

刘备一把抱住他,说:"我们是好兄弟,曾经发誓同生共死。徐州不过是一块地盘罢了,本来就不属于我们,丢了又有什么可惜的?"张飞十分感动,兄弟三人泪如雨下。

这边,吕布也不愿意彻底和刘备撕破脸,刘备在徐州的家小,他都照顾得好好的。他写信给刘备,请他回来。但徐州已经吃进去了,不可能再吐出来,吕布就让刘备去小沛驻扎,打仗时叫他当先锋。这回刘备反而成了吕布的附属,两人之前的地位如今颠倒过来了。

第十五章
小霸王大战太史慈

话说江东孙坚死后，长子孙策投靠了袁术。袁术看孙策作战勇猛，就经常派他到处攻城略地。孙策每次作战都大胜而归，袁术很是满意。

但是孙策毕竟不是袁术自己人，袁术虽然靠他打仗，却并不重用他，经常待他礼数不周。一来二去，孙策心里就很不是滋味。

有一天晚上，孙策回到住处，想到父亲当年英雄盖世，自己

第十五章
小霸王大战太史慈

却过着寄人篱下的生活，忍不住放声大哭。

这时孙坚的老部下朱治恰好进来，看到孙策伤心的样子，就说："孙老将军在的时候，遇事经常和我商量。你有什么烦心事，为什么不问问我呢？"

孙策赶紧擦干了眼泪，请他上坐，说："我哭不为别的，是恨自己无能，不能继承先父的事业啊！"

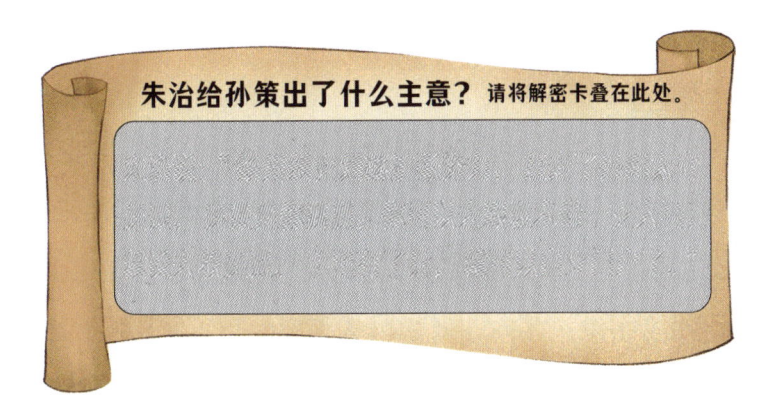

朱治给孙策出了什么主意？ 请将解密卡叠在此处。

孙策恍然大悟。谋士吕范担忧："只怕袁术不肯借兵。"孙策说："这个好办，我手里有父亲留下的传国玉玺，就拿它抵押给袁术好了。"

第二天，孙策就去见袁术，请求借兵。袁术早就知道孙家藏有传国玉玺，一心想弄到手，没想到今天主动送上门来，高兴得眉开眼笑，立即借给孙策三千士兵，五百匹马，还奏报朝廷，封孙策为折冲校尉，殄（tiǎn）寇将军。

孙策拜谢过袁术，立即领兵出发。这时他部下已经有了朱治、吕范，以及老将程普、黄盖、韩当等许多人才。路上，孙策又遇到一位自幼结交的好朋友，此人名叫周瑜，字公瑾，是个极有本领的人。孙策把计划跟周瑜一说，周瑜立即表示要辅佐孙策，共图大事。

周瑜推荐了江东的两位名士张昭、张纮，孙策亲自登门拜访，请他们出山相助。不久，又有两员猛将蒋钦、周泰带着三百多人前来投奔。这下孙策手下文臣武将一应俱全，人马也越聚越多，准备干一番大事了。

孙策跟部下商议，决定先去攻打刘繇（yáo）。刘繇亲率大军，到神亭岭迎战。

孙策也带兵到了神亭岭，对部下说："我昨天晚上做了个梦，梦到汉光武帝召见我，听说这岭上有一座光武帝庙，我想去拜一拜。"谋士张昭说："不行，庙那边就有刘繇军队驻扎，要是遇上伏兵，怎么办？"孙策不听，提枪上马，带着程普、黄盖等一行十三个人，到山上去了。

孙策拜过了汉光武帝的神像，接着说："我要过岭看看，探一探刘繇的营寨。"众将连忙阻拦。孙策又不肯听，大家只好一起上岭，向南边窥探。

果然有放哨的士兵发现了他们，回报刘繇。刘繇说："这一定是孙策的诱敌之计，不要理他。"大将太史慈却说："这时不捉孙策，还等什么时候？"也不等刘繇下令，提枪上马，冲出营来。

孙策看了一阵子，就拨马往回走，刚到山下，只听山上有人

第十五章
小霸王大战太史慈

大喊:"孙策不要走!"就见一员大将挺枪纵马,从岭上飞奔下来。

孙策急忙横枪立马,准备迎战。太史慈高叫道:"谁是孙策?"孙策反问:"你是什么人?"太史慈说:"我是东莱太史慈,特来捉拿孙策!"说完便冲杀上来。孙策也挺枪来迎,两人大战五十回合,不分胜负。

太史慈见孙策的枪法没有一点破绽,就虚晃一招,拨转马头假装败走。孙策急忙大喊一声:"逃跑可不算英雄好汉!"拍马追上来。

太史慈一边跑,一边心里想:"他带着十二个人,我就孤身一个,就算活捉了他,也得被那些人夺去。等我再引他跑一程,让那些随从没处找,才好下手。"于是太史慈且战且走,孙策紧追不舍,不知不觉,就和部将越来越远了。

孙策追赶太史慈,一直到一片平地上。太史慈拨回马再战,又大战五十回合,仍然不分胜负。孙策瞅准机会,一枪刺过去,太史慈闪过,一伸手抓住孙策的枪杆;随即另一只手握着枪,一

枪刺过去。孙策依样画葫芦，也闪在旁边，伸出一只手，攥住太史慈的枪。

两个人势均力敌，互不相让，谁也刺不到对方，也夺不下对方的枪，只在马上你拉我扯。没想到一下子用力过猛，两个人都滚下马来。

随即两人松手丢下枪，互相揪打了起来，你一拳，我一脚，战袍都扯得粉碎。孙策瞟见太史慈背后插着几把短戟，一伸手就抢来一把，照着他的头乱刺。太史慈也伸手，抢到了孙策的头盔，拿头盔当盾牌用，抵挡短戟。两个人乒乒乓乓，又打了无数回合，依然不分胜负。两匹马受了惊，都不知道跑到哪里去了。

两人正打得激烈，刘繇得到消息，派大军接应来了。孙策正在慌张，程普等十二部将拦下孙策跑远的马，也赶到了。孙策这才放开太史慈，回身骑上马，太史慈也从士兵手里要了一匹马，取了枪，挺枪又来拼杀。双方混战了许久，直到天色已晚，又下起雨来，这才各自收兵回去。

第二天，孙策到刘繇营前挑战，用枪挑着太史慈的短戟，

小黑：戟是什么兵器？

小蓝：戟就是矛和戈的结合品，可以刺，可以砍，可以回割，使用起来十分便利。

第十五章
小霸王大战太史慈

令士兵们喊道:"太史慈要不是逃得快,已经被刺死了!"太史慈也把孙策的头盔挑起来,让手下人反击:"这就是孙策的脑袋!"一时间两边又喊又叫,互相耀武扬威。

太史慈忍不住又要跟孙策决一胜负,却被刘繇拦住。刘繇决定马上退兵,原来,他刚刚接到消息,周瑜偷袭了大本营曲阿。太史慈闻言只得作罢。当晚,孙策趁刘繇军心不稳,前来劫营,众将被打得四散奔逃,太史慈被迫逃往泾县,躲了起来。

孙策乘胜追击,大破刘繇。刘繇丢了全部地盘,只好到豫章(今天的江西省南昌市)投奔刘表去了。

太史慈听说了刘繇的覆灭,就在泾县聚集了两千多人,要给刘繇报仇。孙策和周瑜围攻泾县,太史慈抵挡不住,只好弃城而走,足足跑了五十里,人困马乏,这时候芦苇丛里一声呐喊,抛出几条绊马索,把马绊倒,太史慈被生擒活捉了。

孙策闻讯赶来喝退了押解的士兵,亲自把太史慈请进帐中,解下绳子,还把自己的

锦袍披在他身上。太史慈见孙策十分讲义气，就归降了。

　　太史慈说："刘繇刚被击溃，还有许多士兵留在这里，等我去把这些老部下收拢收拢，再回来投奔你，不知能不能信得过我？"孙策手一挥，说："当然可以！我们就约定好明天中午之前，我等你回来。"太史慈一拱手，上马离去了。

　　众将纷纷说："主公不该放他走，他这一去，一定不回来了。"孙策说："子义（太史慈的字）是信义之士，一定不会失信。"

　　众将半信半疑，第二天一早，专门在营门立了一根竹竿，看着竹竿的影子来判断时间。渐渐到了中午时分，只听得外面一阵马蹄声响，太史慈带着一千多人纵马赶来。孙策大喜，从此太史慈归顺孙策帐下，成为一名得力干将。

第十六章
猛吕布射戟辕门外

孙策一鼓作气占据了江东地界后，就派人去找袁术索要玉玺。袁术十分恼怒，跟部下抱怨："孙策借我的人马起家，现在把江东地盘都占了，不来报答我，反倒索要玉玺，太无礼了！咱们怎么对付他？"

一个部下说："孙策有长江这个天然屏障，兵精粮足，一时拿他没办法。不如先攻打刘备，谁叫他前些日子无缘无故地打我们来着？不过，刘备驻扎在小沛，如果打他，只怕吕布会去帮他。吕布现在缺钱缺粮，何不送他些钱粮，跟他交好，咱们攻打刘备的时候，只图他

小粉：袁术为什么这么想得到玉玺？

小蓝：袁术是袁绍的弟弟，年少时以侠气闻名，曾与袁绍、曹操共讨董卓。后来自己登基称帝，但不被其他人承认，所以他非常想得到玉玺来证明自己的正统。

按兵不动，刘备就容易对付了。"

　　袁术就派谋士给吕布送去二十万斛（hú）粮食，吕布果然很高兴地收下了。

　　袁术觉得吕布这头已经安抚好，就派纪灵为大将，统兵数万，进攻小沛。

　　刘备闻讯连忙聚众商议，张飞立刻嚷着要出战。孙乾上前说："现在小沛兵力薄弱，粮草匮乏，怎么抵挡敌人？只能写信向吕布告急。"刘备就写了封信，向吕布求救。

　　吕布看了信，跟陈宫商量："前些天袁术突发善心，送我们很多粮食，一定是不想让我帮刘备，但现在刘备又真的来求救了。

第十六章
猛吕布射戟辕门外

我觉得刘备势力很小，对我们未必有威胁；但袁术如果吞并了刘备，再勾连其他势力攻打我们，那可就麻烦了。还是去救刘备的好。"两人打定主意，就点兵启程。

这边纪灵的大军已经逼近小沛，旌旗招展，鼓声震天，声势十分浩大。刘备手下只有五千多人，也只好硬着头皮出来迎战。两边刚扎下营寨，吕布就带兵赶到了。

纪灵大吃一惊，急忙派人去见吕布，责备他失信。吕布想了想，笑着说："我有个办法，不但能给袁、刘两家讲和，还能让他们都不怨恨我。"他派人分头去纪灵、刘备营中，请两人来赴宴。

刘备收到信后就要动身，关羽、张飞拦住他："大哥不要去，谁知道吕布打的什么鬼主意。"刘备说："我以前待他不薄，他一定不会害我。"于是带着关羽、张飞二人到了吕布营中。

吕布笑嘻嘻地迎了出来，说："我这次是特地给你解围的。日后你要是发达了，可不要忘了这份人情。"刘备一边道谢，一边落座，只是有点忐忑不安，不知道吕布葫芦里卖的什么药。

过了一会儿，只听小兵来报："纪灵将军到！"刘备大吃一惊，连忙要躲起来。吕布安抚他："别慌，我是请你们两人来商量事情的，不要多心嘛！"刘备只好坐下，心里七上八下直打鼓。

这边纪灵进了大营，一抬头，却见刘备在里面坐着，也是大惊失色，扭头就走。吕布一个箭步赶上前，一把抓住他的脖领子，像提孩童一样把他提了回来。

吕布力大无穷，纪灵哪里挣脱得掉，只好大喊："吕将军，你这是要杀我吗？"吕布说："当然不是！"纪灵又问："那么，就是要杀刘备喽？"吕布说："也不是。"纪灵一脸疑惑："那到底是为什么？"

吕布说："刘备跟我是兄弟，现在被你逼得走投无路，我是特地来救他的。"纪灵无奈地说："嗨，那还是要杀我呀！"

吕布笑了笑说："没有，没有。大家都以为我很能打，其实我这个人并不好斗，反而喜欢替人讲和。今天就给你们两家讲和，怎么样？"纪灵忙问："怎么个讲和法？你说。"吕布一摆手，说："先喝酒，喝一阵子再说。"

纪灵无奈，也只好落座。吕布坐在两人中间，劝了几杯酒，回到正题："你们两家看在我的面子上，各自收兵回去，怎么样？"

第十六章
猛吕布射戟辕门外

刘备低头不说话。纪灵说:"我奉主公之命,带几万大军来捉刘备,怎么能说回去就回去?"

张飞大怒,噌的一声拔出剑来,喝道:"我们虽然兵少,也没把你看在眼里!你敢伤我大哥试试?"关羽急忙拦住他:"先看吕将军怎么说,说不通,再各自回营厮杀不迟。"

吕布笑着说:"我既然把你们两家请来,就没想让你们厮杀。"可是这边纪灵说什么也不肯撤兵,那边张飞吵嚷着要打一架看看,眼见着就要当场动起手来。

吵来吵去,把吕布吵得动了脾气,他一拍桌子,喝命手下人:"取我戟来!"说完把方天画戟拎过来,在手里一晃,所有人都不作声了。

吕布拎着画戟,指着两边说:"我还是劝你们两家不要厮杀,只听天命安排。"纪灵问道:"什么意思?天命怎么讲?"

吕布叫小兵扛着画戟,一路小跑,直跑到辕门外,远远地插在地上。吕布回头对纪灵、刘备说:"你们看这辕门,离中军大帐有多远?"

刘备看了看说:"远得很。"纪灵说:"怕不得有一百五十步。"吕布说:"对,就是一百五十步!你们看见画戟的小枝没有?我如果一箭射中戟上小枝,你们两家就收兵回去;如果我射不中,你们各自回营,随便你们杀个天翻地覆,我再也不管,谁也不帮。如果哪位不听,我就和另一家联合对付他!这就叫凭天命赌运气,你们说行不行？"

刘备现在是有求于人，行也得行，不行也得行，连忙满口答应。纪灵也是武艺高强的名将，他掂量了一下这射程，心中暗想："这戟立在一百五十步之外，哪就那么轻易射中了？不如先答应他。只要他一箭射不中，就瞧我怎么收拾刘备吧！"于是，他也就点头同意了。

吕布哈哈一笑，不慌不忙，让大家都入席坐下再干一杯。喝完，吕布把酒杯一放，就叫人取弓箭来。刘备的心提到了嗓子眼，在旁边暗暗祈祷："只盼他射得中就好，只盼他射得中就好……"

只见吕布挽起袍袖，搭上箭，拉满弓，瞄准一百五十步外的画戟，叫一声："着！"右手一放，嗖的一声，箭离弓弦，如同流星赶月一样飞了出去。只听当的一声，不偏不倚，那支箭正射在画戟小枝上！

这一箭，不但纪灵和刘备看得呆住了，关羽、张飞也瞪大了

第十六章
猛吕布射戟辕门外

眼睛，就连帐里帐外的小兵们，都爆发出震天的喝彩："好箭法！"

吕布一箭射中，自己也很得意，把弓往地上一扔，哈哈大笑。他一手拉过纪灵，一手拉过刘备，大声说："这是老天爷让你们罢兵，哈哈哈！来人哪，斟酒来，咱们每人再饮一大杯！"

刘备的心这才放了下来，纪灵沉默了好久，对吕布说："既然咱们都说好了，我也不敢反悔。但我回去怎么跟我家主公交代呢？主公哪会相信有这种事？"吕布说："你只管回去，我写信跟他解释就是了。"说着就立即写了封信，交给纪灵带回去。

吕布又扭头对刘备说："今天要不是我啊，你的麻烦可就大啦！"刘备连连拜谢，和关羽、张飞带兵回去了。就这样，一场血肉横飞的大战，被吕布出神入化的箭法轻松化解了。

好箭法！

第十七章
曹操落败丢失宛城

纪灵撤兵回去见到袁术，把辕门射戟的事一说，袁术大怒，直骂吕布忘恩负义。

纪灵出主意说："吕布和刘备绑在一起，很难对付。我听说吕布有个女儿，和您的公子年纪相仿，不如派人去提亲，两家结成亲家，刘备就被孤立了。"袁术这才息怒，派谋士带着礼物去见吕布。

吕布与人商议此事，陈宫认为这是个好机会，力劝吕布答应。吕布于是准备了嫁妆，吹吹打打，把女儿送出城外。

陈登的父亲陈珪听说了，说："这是'疏不间亲'之计，肯定是对付刘玄德的，我得把这事拦下来！"于是不顾年老体衰，亲自来见吕布："前些天你辕门射戟，给刘备解了围。现在袁术来提亲，一定是想要你女儿当人质。接着他要是来攻打刘备，你救还是不救？他要是来借兵借粮，提各种要求，你女儿握在他手里，你答应还是不答应？而且袁术一心要称帝，那可是叛逆的大罪。

第十七章
曹操落败丢失宛城

你跟他结亲，不就成了逆贼的家属了吗？"吕布大吃一惊，连忙派兵去把女儿追了回来。

小粉： 什么是"疏不间亲"？

小蓝： 这是一句古代谚语，完整的句子是"卑不谋尊，疏不间亲"，意思是地位低下的人不谋划尊贵者之间的事，关系疏远者不介入关系亲近者之间的事。

这时候，刘备正在小沛招兵买马，扩充实力。吕布的部将宋宪、魏续从外地买来三百多匹好马，没想到被张飞冒充强盗，抢走了一半。吕布于是大怒，带兵围攻小沛。

张飞出城喝道："我抢了你的马你就急，你抢了我大哥的徐州就不说了？"吕布大怒，挺戟来战张飞，两人大战一百多个回合，不分胜负。刘备怕张飞吃亏，赶紧鸣金收兵。

吕布却不肯收兵，继续攻城。刘备知道抵挡不住，就跟孙乾商量。孙乾说："现在最恨吕布的是曹操，我们不如去投奔他，借他的人马来消灭吕布。"刘备听从建议，带关羽、张飞连夜突围，去许都投奔曹操了。曹操见到兄弟三人十分高兴，就写奏章，举荐刘备做了豫州牧，从此刘备又被称为"刘豫州"。

曹操正打算起兵攻打吕布，忽然有人来报，说董卓部将张济的侄子张绣占了宛城，任用贾诩（xǔ）为谋士，准备联合刘表，发兵攻打许都，劫夺汉献帝。曹操大怒，决定带兵十五万先去征讨张绣，一路行军到淯水边扎下营寨。

贾诩对张绣说："曹操这回来势汹汹，不能和他硬碰，倒不如先投降，然后再找机会翻盘。"张绣想了想，就同意了，带众将出城投降。

曹操没费一点力气就拿下了宛城，心里很得意，带了一支队伍进城，其余的人马留在城外。张绣每天大摆宴席，请曹操喝酒，曹操以为张绣是真心归顺他，慢慢就放松了戒备。

有一天，曹操喝多了，把张济的遗孀、张绣的婶子邹氏强抢了回来。张绣闻讯大怒，骂道："曹贼！竟敢这样侮辱我！"贾诩悄悄对张绣说："机会来了，我们赶紧做好准备，按我的计划行事。"

张绣依计先去见曹操，说："刚投降的士兵有好多逃跑的，能不能让他们挪到中军驻扎，这样方便监视。"曹操也没多想，就答应了。张绣顺势把自己的人马安排在曹操营帐周围，占满前后左右的位置。

张绣觉得典韦是一员猛将，需

小绿：典韦真是力大无穷。

小红：典韦喜欢的兵器是双戟与长刀，当时军中流行着一首歌谣："帐下壮士有典君，提一双戟八十斤。"

第十七章
曹操落败丢失宛城

要想办法单独对付。这时有一个叫胡车儿的偏将上前说："典韦的本领都在他那双铁戟上。主公明天可以请他来喝酒,把他灌醉。我扮成他的随从,混进他营帐里,把铁戟偷出来,典韦就没什么好怕的了。"张绣知道胡车儿也是一位力大无穷的勇士,就依计而行。

当晚,贾诩果然请来了典韦,张绣和贾诩你一杯我一杯,再加上满嘴奉承话,把典韦灌得大醉,胡车儿混在随从里把他扶了回去。

一切安排停当,张绣暗暗分派兵马,准备当夜起事。

这天晚上,曹操正在帐中和邹氏饮酒,忽然听到帐外动静很大,就叫人去看,收到回报说:"没什么,是张绣派人夜里巡逻。"

曹操喝多了,并没有怀疑。又过了一会儿,夜深了,忽然外面有人大喊:"粮草车着火啦!快来救火!"

曹操仍然不紧不慢地说:"士兵不小心失了火,不要慌。"

没想到火越烧越大,一会儿四面都着起火来,烧成了一片。曹操这才慌了,急忙大喊起来:"典韦在哪里? 典韦在哪里?"

哪知道喊了好几声,也没人答应,原来典韦已经喝醉了,在自己营里睡大觉呢。

这时候,四面喊杀声震天,张绣的军队已经攻入大营。典韦一下子惊醒,从床上跳下来,伸手去摸自己的双戟,却怎么也找不到。张绣的兵马已经冲到了大门口,典韦心里着急,匆忙从小兵身上拔出一把腰刀,出门迎敌。只见门外无数士兵杀了进来,人人骑着战马,举着长枪,密密麻麻好像树林一样。典韦抡开了腰刀,拼命大杀大砍,砍死二十多个人,才把这批骑兵杀退。

还没顾得上喘口气,骑兵后面的步兵又冲杀上来,千百条长枪重重叠叠,把典韦围在中间乱刺。典韦没穿铠甲,身上被刺了数十枪,还死战不退。他手中的腰刀杀了太多人,砍得刀刃都缺

131

口了，典韦干脆把刀一扔，从地上拎起两具士兵的尸体，左右开弓抡起来，噼啪扑通一阵响，又打死了八九个人。

众兵被典韦的气势吓住了，只好纷纷后退，远远地用弓箭射他。一时间万箭齐发，典韦身上中了许多支箭，还紧咬牙关，屹立不倒，死死把守着营门，不让一个人冲进来。

没想到后营已经被张绣军队攻破，一支队伍从典韦身后扑上来，一枪刺透了他的后背。典韦这才大叫几声，倒在了地上，气绝身亡。众兵互相观望，谁都不敢上前，典韦死了好久，还没有人敢从前门进来。

也幸亏典韦拼死挡住营门，曹操这才得空逃走。他骑着大宛宝马，长子曹昂、侄子曹安民保护着他，拼命奔逃，总算逃过了淯水，但先是曹安民死于乱军之中，不久曹昂和那匹宝马也都被乱箭射死了。

曹操损兵折将，只好收兵回去。临走时，曹操摆下祭品祭奠典韦，哭着说："我的长子、爱侄，都在这一战中阵亡，我倒没觉得特别伤心；最让我伤心的，是损失了大将典韦啊！"众人都很感动，跟着流下了眼泪。

曹操祭奠完阵亡将士，这才下令回许都休整，准备时机成熟后和吕布决战。

第十八章
吕奉先殒命白门楼

曹操打算攻打吕布,但又怕袁绍趁后方空虚来偷袭许都,就用汉献帝的名义加封袁绍的官职,又鼓动他去攻打北方的公孙瓒。袁绍果然中计,发兵打公孙瓒去了。

曹操抓住这个难得的机会,派夏侯惇、夏侯渊、李典等人率五万人马做先头部队,自己亲率大军,杀奔徐州来。

吕布部将高顺、曹性率军迎战,高顺迎头遇到夏侯惇。他和夏侯惇大战四五十个回合,抵挡不住,败下阵来。夏侯惇在后面紧紧追赶,这边曹性瞅准个机会,弯弓搭箭,一箭射去,不偏不倚,正射中了夏侯惇的左眼。夏侯惇疼得大叫一声,连忙用手拔箭,不料用力过猛,把眼珠也带了出来。

夏侯惇忍着痛喊道:"父精母血,不可丢弃!"就把眼珠往嘴里一塞,咽下肚去。这一下,把曹性吓得目瞪口呆。夏侯惇用尽最后一点力气,催马挺枪,一枪把曹性刺死在马下。

小绿:夏侯惇为什么这么做?

小红:古人认为,自己身体的每一部分都是父母恩赐的,不可以随便破坏、丢弃,否则就是违背了孝道。有些人甚至连头发、指甲都不愿轻易修剪呢。

夏侯惇虽然杀了曹性,但自己也身负重伤,无法再战。幸亏这时曹操亲率大军赶到,和刘备合兵一处,声势浩大地进逼徐州。正在这时,吕布的部下陈登送信来,表示愿意做内应。

陈登出身徐州大族,他父亲陈珪担任过沛国相。陈登先辅佐陶谦,后辅佐刘备,在徐州一带很有势力,对半路冒出来的吕布早就心怀不满。

陈登设计引吕布率军出城,然后和曹操里应外合,接连攻下徐州、小沛两座城池。吕布走投无路,只好逃到下邳(pī),闭门坚守。

陈宫对吕布说:"曹操远来,粮草不多,难以持久。将军可以率一队人马出城驻扎,我在城内坚守。如果曹操攻城,你就攻他背后;如果曹操攻打你,我就攻他背后,这就叫'掎(jǐ)角之

第十八章
吕奉先殒命白门楼

势'。这样坚持十几天,曹操兵粮耗尽,自然就退兵了。"

吕布觉得很有道理,就回府收拾行装。他妻子严氏哭着说:"你丢下全城和一家老小,孤身出去。万一有什么意外,可怎么办呀?"吕布听了,犹豫不决,三天没有出门。

陈宫等得着急,进府来催。吕布说:"算啦,我看还是哪儿都不去,老实守城的好。"陈宫没办法,只好又说:"曹操缺粮,最近派人去许都运粮。将军不妨带精兵去断他的粮道,这样曹军就不战自乱了。"

吕布又回家和严氏商量,严氏哭哭啼啼,就是不让吕布走。吕布想了想,又决定算了:"哼,我有方天画戟、赤兔马,谁敢把我怎么样?"于是只

小黄:什么是掎角之势?

小蓝:"角"原指猎捕野鹿时抓住鹿的角,"掎"原指拖住鹿的蹄子,双方共同把鹿打倒。后来指打仗时双方合力,互相配合,互相呼应。这里的意思指分兵牵制或夹击敌人。

待在家和妻子喝酒解闷。

但是曹操和刘备把下邳城围得水泄不通，形势越来越危急，这么干耗着也不是办法。吕布想起之前和袁术有过儿女婚姻之约，就派两个谋士突出重围，去找袁术求救。

袁术很不高兴，说："上次你们不是把这门婚事赖掉了吗？又来求我做什么？这回除非吕布先把女儿送来，否则绝不发兵！"

两个谋士只得回来，又突破重重围困，才进城见到吕布，说："还请将军亲自护送，否则，其他人怎么能突出重围？"

吕布说："今天就送去，怎么样？"一个谋士说："今天是凶神值日，不吉利，可以安排明天晚上动身。"

好不容易等到第二天晚上，吕布把女儿用布包裹了起来，背在后背上，提戟上马，准备突围出去，谁知早就被关羽、张飞发现，领兵拦住去路。

吕布只管夺路奔逃，他虽然勇猛，毕竟背上多了一个大活人，根本冲不出去。不一会儿，徐晃、许褚也闻讯赶到了，大喊大叫："不要放走了吕布！"吕布没办法，只得退回城中。

吕布突围失败，斗志丧失了一多半。这回他更是每天酒杯不离手，喝得醉醺醺，连军务都不怎么管了。

曹操这边发现下邳城外有两条河，一条叫沂水，一条叫泗水，就下令扒开河道，放水淹城。众士兵赶忙来报告吕布。吕布却说："哼哼，我有赤兔马，渡水如平地，怕什么？"说完依旧饮酒作乐。

第十八章
吕奉先殒命白门楼

有一天,吕布偶然照了下镜子,发现自己因为沉迷酒色,已经瘦得脱了形,模样十分憔悴,这才吃了一惊,下令说:"此后从我开始统统要戒酒。谁敢饮酒,定斩不饶!"

恰巧这个时候,部将侯成的马夫偷了十五匹马要出城,被侯成追上夺了回来。侯成心里高兴,打算摆宴庆祝庆祝,就带了五瓶酒到吕布府上来,说:"托将军的福,我的马追回来了。小人为表庆祝,特地酿了点好酒,送给您尝尝。"

没想到这下正撞到吕布的枪口上,吕布勃然大怒:"什么?我刚刚传令禁酒,你就聚众饮酒?来人啊,给我推出去斩了!"宋宪、魏续等将领慌忙赶来一起跪下求饶。吕布这才同意改为打五十板子,打得侯成背上皮开肉绽,惨不忍睹。

当晚,宋宪、魏续来探望侯成,三个人都唉声叹气。宋宪建议:"吕布让众将寒了心,不如把他捉住,献给曹操。"侯成则说:"吕布之所以天下无敌,全仗着那匹赤兔马。等我把马偷出来献给曹操,你们再开门献城。"

当晚,侯成忍着伤痛,偷偷到了马棚把赤兔马偷了出来,出城献给了曹操。曹操大喜,立即传令次日攻城。

这些天下来,吕布的军队士气低落,而曹军士气正盛,得令后拼命攻城。吕布发现丢了赤兔马,只得亲自上城墙抵挡。从早晨打到中午,双方都累了,暂时收兵休息。

吕布不敢放松,就在门楼上休息,不知不觉睡着了。宋宪、魏续悄悄走进来，先把他的方天画戟偷走；然后取出麻绳，把吕布牢牢捆住。

吕布一下子惊醒了，刚要起身，发现已经无法挣扎，只得喝命左右随从上前。宋宪、魏续打不过吕布，对付这些随从小兵可就太容易了，三两下就把这些人杀散了。魏续举着白旗向城下挥舞起来，大喊道：“我们捉住吕布啦！我们捉住吕布啦！”

宋宪怕曹操不信，就把吕布的方天画戟从城头丢下来，随即大开城门。曹操见果然捉住了吕布，就下令冲进城去。高顺、陈宫、张辽等人来不及逃跑，都被曹兵捉住了。

曹操进城，带众将和刘备兄弟三人登上白门楼，先斩了高顺，又叫人把吕布押上来。

吕布被推搡着往前走，嘴里还大喊大叫：“捆得太紧了！快给我松一松吧！”曹操冷笑了一声：“捆老虎嘛，怎么能不紧呢？”

吕布被推到曹操面前，见侯成、魏续、宋宪都得意扬扬地站在旁边，气不打一处来，喝道：“我待你们不薄，你们为什么造反？”

宋宪哼了一声，说：“你只听你妻妾的主意，不听我们众将的劝告，这也叫待我们不薄？”吕布这才无话可说，只得低下了头。

这时候，陈宫也被押了上来。曹操笑着说：“公台，当年你不辞而别，如今怎么样啊？”陈宫冷冷地

第十八章
吕奉先殒命白门楼

说："你心术不正，我当年才弃你而去。"曹操又笑着说："我心术不正？哈哈，那吕布心术难道就正？你为什么又投靠吕布呢？"

陈宫回答："吕布虽然有勇无谋，却不像你这样狡诈奸险。只可惜他不听我的，不然，也未必会被你捉住。"曹操说："公台倒是足智多谋，那么，今天你又该怎么办呢？"陈宫大声说："今天只有一死！"说完扭头就往楼下走。

曹操连忙起身送出来，还想挽留一下。但陈宫头也不回，大步走到刑场上去了。

吕布趁曹操不在，悄悄对刘备说："玄德公，您看，您现在是座上客，我是阶下囚，能不能给我说句好话，救我一命啊？"刘备板着脸，也不看他，只是微微点了点头。

不能松绑！

等曹操上楼来，吕布就大声说："曹公！您的心腹大患不过是我吕布罢了。现在我愿意投降您，帮您打江山，还愁得不到天下吗？"

曹操也有点犹豫，回头问刘备说："玄德，你觉得怎么样？"

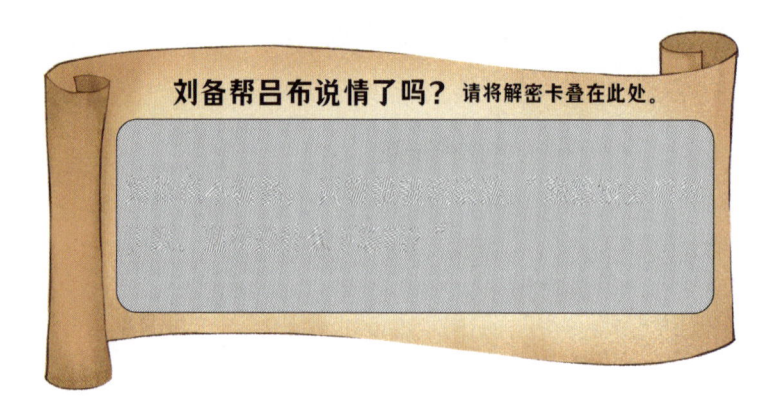

刘备帮吕布说情了吗？ 请将解密卡叠在此处。

吕布又惊又怒，瞪着刘备嚷道："刘备！你这小子！你最不讲信义！你忘了辕门射戟？你……"

吕布还没说完，曹操就哼了一声，传令把他牵下楼去。天下无敌的吕布就这样被绳子缢死了，接着还被斩首示众。

随后张辽也被押了上来，他见了曹操，毫不屈服，大骂国贼。曹操拔剑亲自来杀张辽，刘备攀住曹操持剑的胳膊，关羽愿以性命担保，替张辽说情。曹操就解了绳子，请他上座。张辽心中感激，顺势归降了曹操。

曹操消灭了吕布，又收服了大将张辽，留车骑将军车胄（zhòu）暂时管理徐州。从此徐州一带都被扫平，再无对抗朝廷的割据势力，曹操的声望又大大提高了。

第十九章
董国舅密受衣带诏

曹操消灭了吕布，带众将回到许都。这天上朝的时候，他向汉献帝表奏了刘备的军功，并让刘备上殿拜见。汉献帝一查族谱，发现刘备原来是西汉中山靖王刘胜的后代，论起辈分来，还算献帝的叔叔。

汉献帝很高兴，暗暗想："曹操大权独揽，国事都不由我做主。现在认了这样一位皇叔，可算是有了得力帮手！"于是他就封刘备为左将军、宜城亭侯。从此大家都称刘备为"刘皇叔"。

荀彧等谋士得知此事后对曹操说："皇上重用刘备，恐怕对您不利。"曹操却说："刘备既然认了皇叔之名，我用天子的名义命令他，他更不敢不服了。况且我把他留在许都，就是把他牢牢攥在手心里，不用担心。"

程昱试探着对曹操说："主公，现在您的威名越来越大，您有没有想过趁这个机会，开创自己的一代基业呢？"曹操说："朝廷里前朝元老还不少，不能轻举妄动。不过，明天可以请天子出门打猎，找机会试试百官的反应。"

第二天，曹操在城外圈出一片猎场，请汉献帝出城打猎。汉献帝骑着逍遥马，带着宝雕弓、金钑（pī）箭，摆驾出城。曹操紧紧跟在献帝身边，刘备、关羽、张飞也随着文武百官陪同。

小黑：什么是宝雕弓、金钑箭？

小蓝：宝雕弓就是嵌着珠宝、雕刻着精美花纹的珍贵的弓。箭头薄而宽，箭杆较长的一种箭，称为"钑箭"。"金钑箭"就是镶嵌着黄金的钑箭。

围猎开始了，士兵们围成圈子驱赶草丛里的野兽，好让它们跑动起来，方便猎手射杀。献帝把刘备叫到面前，说："朕要看皇叔射猎。"

刘备就上了马，此时草丛里恰巧蹿出一只野兔，刘备经常上阵打仗，射只兔子自然容易得很，只见他一箭就把兔子射倒了。

献帝连连称赞。忽然，草丛里又蹿出一只大鹿，献帝立即弯弓瞄准，不过他哪

第十九章
董国舅密受衣带诏

里会射箭，连发三箭都没射中。献帝有点丧气，就回头对曹操说："曹爱卿来射。"

曹操朝献帝一伸手，说："拿过来。"献帝一愣，才知道曹操是要自己的宝雕弓。这弓是天子专用的，献帝本不想给，但见曹操那副盛气凌人的样子，只好抖着手，把弓递过去。

曹操左手接过弓，右手又伸过来，有了弓自然还会要箭，献帝只得把腰里的金鈚箭抽出一支，递到曹操手中。

曹操心满意足，搭上金鈚箭，拉满宝雕弓，一箭射去。他箭法也很好，一箭就把大鹿射倒在草丛里。

群臣没有注意是谁射的，但这支箭金光闪闪，十分耀眼，是大汉天子专用的金鈚箭，就以为是献帝射中了。大家都朝着献帝喊道："万岁！万岁！"

没想到曹操一拍马，向前走了几步，挡在献帝面前，朝群臣连连招手。这样一来，这几声"万岁"竟然变成是朝他喊的了！

群臣大惊失色，关羽勃然大怒，眉毛倒竖，凤眼圆睁，提起青龙偃月刀就要上前杀曹操。刘备吓了一跳,连忙朝他又摆手又使眼色,不让他动。关羽只得作罢,退回队伍里。

刘备朝着曹操恭维了几句:"丞相真是好箭法!"曹操哈哈一笑:"哪里哪里,这不还是托了天子的洪福嘛。"说完也不归还宝雕弓,竟然挂在自己腰带上带走了。

献帝回到宫里,想到猎场上曹操的种种骄横行为,忍不住泪如雨下,担心不知什么时候就被曹操害了。国舅董承这些年出生入死,忠心耿耿,如今又是车骑将军,献帝觉得可以跟他商量大事,于是想出了一个主意。

这天,献帝召董承进宫,说:"朕昨天忽然想起,当年您护送朕和皇后从长安回到洛阳,一路上历尽艰辛,为朝廷立下了大功。今天特地宣你进宫,赐你一件锦袍,一条玉带,略表慰劳。"董承连忙谢恩。

然后献帝就把腰里系的一条玉带解下来,又把身上穿的一件锦袍脱下来,双手递给董承,说:"这身袍带就赐给你了,回

小黄:汉献帝为什么这么相信董承?

小红:据传说,董承保护汉献帝东归,遇到黄河拦路,董承带人用绢拴着汉献帝放到船上,才渡过了黄河,一路历尽艰难险阻把献帝送回洛阳。

第十九章
董国舅密受衣带诏

去一定要仔细看看,千万不要辜负了我的一片心意。"董承一愣,也不敢多问,只好拜谢献帝,穿在身上出去了。

皇宫里到处安插着曹操的眼线,这时候早就有人密报曹操:"皇上召董承进宫,不知道说了些什么。"曹操赶紧进宫来看个究竟,正好碰上董承从宫里出来。

董承来不及躲避,只好向曹操施礼。曹操问道:"国舅来干什么?"董承答:"皇上想起当年救驾之功,赐了我一件锦袍、一条玉带。"曹操说:"解下来我看看。"

董承虽然还没搞清楚这衣服的底细,但心里知道肯定非同小可,决不能落在曹操手里,磨磨蹭蹭,就是不解。曹操喝令左右:"快给我解下来!"

左右随从上前,七手八脚地把玉带解开,递给曹操。曹操看了半天,没发现什么问题,就说:"做工倒是不错,锦袍呢,也脱下来!"董承不敢违抗,只好把袍子脱下来献上。曹操提着衣领,对着太阳仔细看了一遍,也没发现什么,就穿在自己身上,

说:"很漂亮嘛,国舅把这身衣服送给我,怎么样啊?"

董承连忙说:"这是皇上赐的,不敢转赠别人。我给您另做一身献上,行不行呢?"

曹操哼了一声:"国舅推三阻四地不给,是不是衣服里面有什么不可告人的秘密啊?"董承大吃一惊,忙说:"哪敢?丞相如果想要,留下就是。说这些闲话做什么?"说完扭头就走。

曹操冷笑着说:"国舅急什么?这是皇上赐给你的,我怎么会抢你的呢?开个玩笑罢了,你也当起真来?"说完就把袍带脱下来,丢还给董承。

董承虚惊一场,回到家点起灯来,把袍带反复看了好几遍,只见袍子十分华贵,玉带也很精美,是一条嵌着白玉的紫锦缎带,

第十九章
董国舅密受衣带诏

似乎没什么异常。董承纳闷了:"皇上赐我袍带,一定别有用意,怎么会找不到呢?"

董承用灯照着又仔细看了好一会儿,忽然灯上掉下几颗火星,把玉带背面的衬布烧了一个窟窿,里面好像藏着什么东西,董承赶紧用刀把衬布拆开。

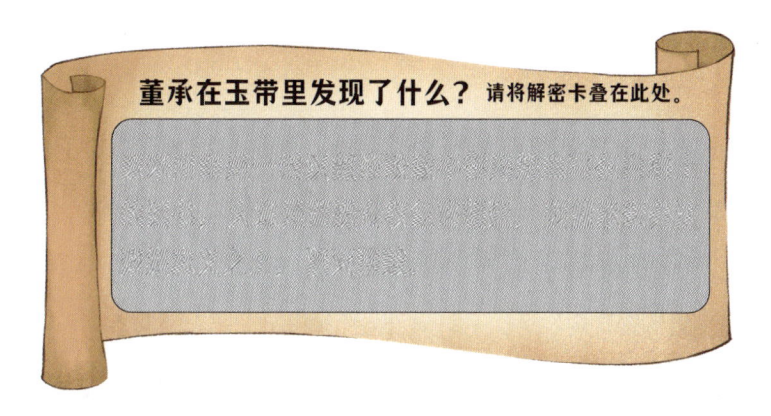

董承在玉带里发现了什么? 请将解密卡叠在此处。

董承读了好几遍,想到堂堂大汉天子,处境竟然如此艰难,忍不住痛哭流涕。他下定决心,要奉衣带诏之命,寻找忠义之士,合力除掉曹操。

第二十章
曹孟德煮酒论英雄

董承从此开始留意物色忠义之士,很快联络了侍郎王子服、将军吴子兰、长水校尉种辑、议郎吴硕四位忠臣。董承取了一幅白绢,让每人都在上面签字画押,称为"义状",立誓同心合力,诛杀曹贼。

不久,西凉太守马腾来拜访董承,聊到围猎时曹操骄横跋扈的事,也很愤恨不平。董承就把衣带诏拿给马腾看了。马腾立即

第二十章 曹孟德煮酒论英雄

也在义状上签字画押,并答应朝廷一旦有变故,就率领西凉兵马来作外援。

董承又说:"咱们的力量还不够强,如果能找一位姓刘的皇室宗亲就好了。"马腾建议:"豫州牧刘备是个很有本事的人,为什么不去找他?"董承摇摇头说:"他虽然是皇叔,但现在正依附曹操,怎么肯和咱们干这件事呢?"

马腾摇摇头:"不是的。那天在猎场上,曹操不是挡住了皇上,接受大家喊他'万岁'吗?我看见刘备的二弟关羽勃然大怒,举刀就要杀曹操,是刘备朝他使眼色才作罢。所以呢,我看刘备并不是没有除掉曹操的想法,只是怕曹操爪牙太多,不敢轻举妄动。你不妨去试着跟他提一提这件事,看他怎么说。"

第二天夜里,董承就带着衣带诏,悄悄到刘备的住处来,刘备慌忙起身迎接。

董承坐下后,慢慢问道:"那天在猎场上,关将军要杀曹操,你使眼色拦住了他,这是怎么回事?"刘备大吃一惊:"你怎么知道的?"董承说:"其他人都没注意,只有我看见了。唉,假如大臣们都像关将军这样,还愁天下不太平吗?"

刘备一听这话,怕他是曹操派来试探自己的,就说:"哪里,现在曹丞相治国,怎么会不太平呢?"董承脸色一变,站了起来,说:"你是大汉皇叔,我才来跟你说几句真心话,你怎么反倒拿这种话糊弄我?"刘备连忙道歉:"只怕国舅有诈,不得不试探一下,还请恕罪。"

董承这才放心，于是取出衣带诏递给刘备。刘备看了，也非常悲愤，立即在义状上签下了自己的名字。这样，联名的就有七个人了。

刘备知道曹操也无时无刻不在提防着自己，就干脆在房子后面开辟了一片菜园，每天在家种菜。关羽、张飞不解："大哥为什么不关心国家大事，反倒天天种菜？"刘备淡淡地说："你们不懂。"两人也就不再多话了。

有一天，关羽、张飞都不在家，刘备独自在后园种菜。忽然，许褚、张辽带着几十个士兵闯了进来，说："丞相有命，请您过去一趟。"

刘备大吃一惊，忙问："到底是什么事？"许褚说："不知道，丞相只是叫我来请您。"

刘备心里七上八下，不知道是不是和衣带诏有关，也不敢推辞，只得硬着头皮跟了去。

一进相府，就见曹操站在门口，冷笑着说："你在家干了好大的事！"刘备以为曹操真的发现了

第二十章 曹孟德煮酒论英雄

衣带诏的事,吓得面如土色,一句话不敢说。

又听曹操接着说:"玄德天天在家辛辛苦苦地种菜,倒挺不容易嘛。"刘备这才稍微放下心来,随口说:"嗨,也是闲着没事,打发打发时间。"

曹操又说:"请你来也没什么事,只是看园中梅子青青,又煮热了好酒,特地邀你来喝几杯。"刘备不敢推辞,就跟着曹操进了后园的凉亭。亭子里摆着一盘青梅,一壶热酒,两人对饮起来。

喝着喝着,天空忽然乌云密布,暴风雨就要来了。这时候有个侍从指着外面说:"丞相快看,天边有一条龙挂!"大家都觉得新鲜,就靠着栏杆观看。

曹操就对刘备说:"使君知道龙是怎么变化的吗?"刘备摇头:"不知道,请丞相赐教。"曹操说:"龙是神奇之物,能升天,能隐形,如果升天,它就能够飞腾于宇宙之间;如果隐形,就潜伏在波涛之内。现在是暮春季节,龙乘时而变化,就好像英雄得志,纵横四海。玄德你闯荡四方,一定对当世英雄有所了解,你觉得谁可以称为英

小黄: 龙挂是什么?

小蓝: 龙挂就是龙卷风,是一种形状像漏斗的旋风,可以把水吸到空中。但古人不知道这种旋风的原理,就认为是天上有一条龙在吸地面上的东西。

雄呢？"

刘备说："我肉眼凡胎，哪里看得出谁是英雄？"曹操笑了笑说："哎，不要太谦虚嘛。就算没见过面，也应该听说过名字，随便说几个也好。"

刘备只好说："淮南袁术袁公路，兵多粮足，算得上英雄吗？"曹操笑着说："他呀，就是棺材里的一把枯骨，我早晚会把他灭掉。"

刘备又说："河北袁绍袁本初，四世三公，世代显赫，出自他门下的官吏不计其数，现在占据冀州，手下人才济济，算得上英雄吗？"曹操笑着说："袁绍外表很厉害，其实并没有胆魄；喜欢谋略，却拿不定主意。干大事的时候贪生怕死，见小利却不顾性命，算不上英雄。"

刘备只好又说："荆州刘表刘景升，位列八俊，闻名天下，算得上英雄吗？"曹操说："刘表只爱虚名，没有实际的本事，算不上英雄。"

第二十章
曹孟德煮酒论英雄

刘备只好继续搜肠刮肚："江东孙策孙伯符，血气方刚，雄霸一方，算得上英雄吗？"曹操说："孙策虽然有点本事，但他起家是靠着他父亲孙坚的名望，算不上英雄。"

刘备又提议道："益州刘璋刘季玉，治下物产富饶，社会安定，算得上英雄吗？"曹操说："刘璋虽然是汉朝宗室，却守着益州那点家底，毫无雄心壮志，就好像一条看家狗一样，哪里算得上英雄？"

刘备实在没办法了："那么，像宛城张绣、汉中张鲁、西凉韩遂这些人呢？"曹操大笑着说："这些都是碌碌无为的小人物，何足挂齿？"

最后，刘备无奈道："除了这些人之外，我实在不知道什么人算得上英雄了。"曹操却说："说到英雄，一定是胸怀大志，腹有良谋，有包藏宇宙之智略，吞吐天地的雄心，没有这些，就称不上英雄。"刘备追问道："那么，到底谁能当得起'英雄'二字呢？"

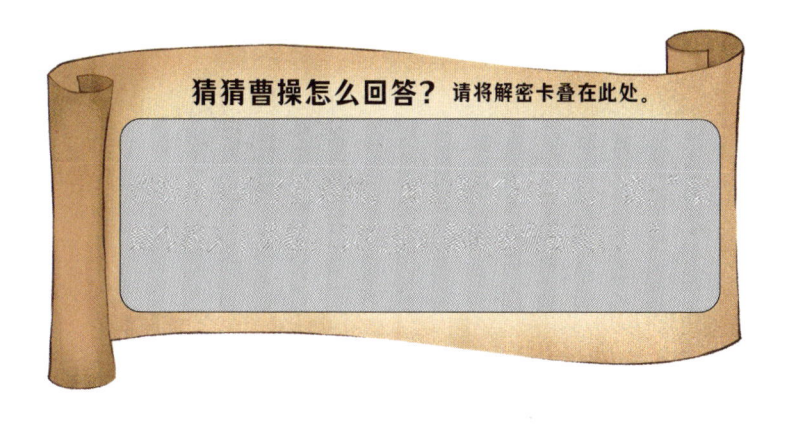

猜猜曹操怎么回答？ 请将解密卡叠在此处。

刘备听了这话，大吃一惊，手里拿的筷子啪嗒一声，不知不觉落在了地上。

曹操刚要说什么，正好这时候大雨将至，轰隆隆一声响，天上打了一个炸雷。刘备赶紧低头，把筷子拾了起来，掩饰道："想不到这一声炸雷，竟然这么吓人。"曹操笑着说："男子汉大丈夫，也怕打雷吗？"刘备说："孔圣人都说过：'迅雷风烈必变。'我怎么可能不怕打雷呢？"几句谈笑，把刚才掉落筷子的缘故，轻轻地掩盖了过去。

这时候，关羽、张飞到处找不到刘备，径直闯进曹操后园来。曹操笑着说："又不是鸿门宴，何必这样大惊小怪？"刘备趁机告辞出来。

通过一系列的试探，曹操一直没有发现刘备有什么异心，就慢慢对他放松了戒备。

小粉：鸿门宴是什么宴会？

小蓝：楚汉相争时，项羽在鸿门设下埋伏，请刘邦喝酒，要乘机刺杀刘邦。后来刘邦的部将樊哙闯入，刘邦才趁机脱险。后人就以"鸿门宴"指藏有杀机的宴会。

第二十一章
讨曹贼袁绍怒起兵

刘备在许都时，曹操经常请他喝酒。有一次，两人正喝着，有人来报说袁绍已经消灭了公孙瓒，军威大振。原来，袁绍和公孙瓒经常互相攻打，但袁绍渐渐占了上风。公孙瓒退入易县，修了一座城郭，里面建起一座高楼，取名"易京楼"，也不管部下死活，就躲在里面坚守不出。袁绍派人挖了一条地道，直通易京楼下，然后放起火来。公孙瓒走投无路，只好自杀，全家人都被大火烧死了。

袁绍顺势收编了公孙瓒的部下，声势一时十分浩大。就连袁术都想放弃淮南地盘，到河北投奔兄长。

曹操和刘备听后都吃了一惊，刘备趁机说："如果二袁合兵一处，就更难对付了。袁术如果去河北，一定会从徐州路过。我带一支人马在半路上堵截他，怎么样？"曹操想了想就答应了，还借给他五万人马。

刘备点起兵，火急火燎地离开了许都，直奔徐州而去。关羽、张飞忙问:"怎么走得这样慌张? 大哥急什么?"刘备回答:"我在许都就好像笼中之鸟、网中之鱼,这回再不用受别人束缚了!"

刘备来到徐州,正赶上袁术的先锋纪灵率军赶到,两军相遇,张飞拍马挺矛,直取纪灵,不到十个回合,张飞大喝一声,把纪灵刺于马下。刘备乘胜追击,把袁术的军队杀得大败。

袁术本来就不得人心,这回兵败后东奔西逃,队伍逐渐七零八落,最后连饭都吃不上了,只剩下一点粗麦子。袁术养尊处优惯了,嫌麦饭难吃,叫厨师取蜜水来解渴。厨师冷冰冰地说:"只有血水,哪有蜜水?"袁术连气带病,绝望地大叫一声,倒在地上,吐血身亡。

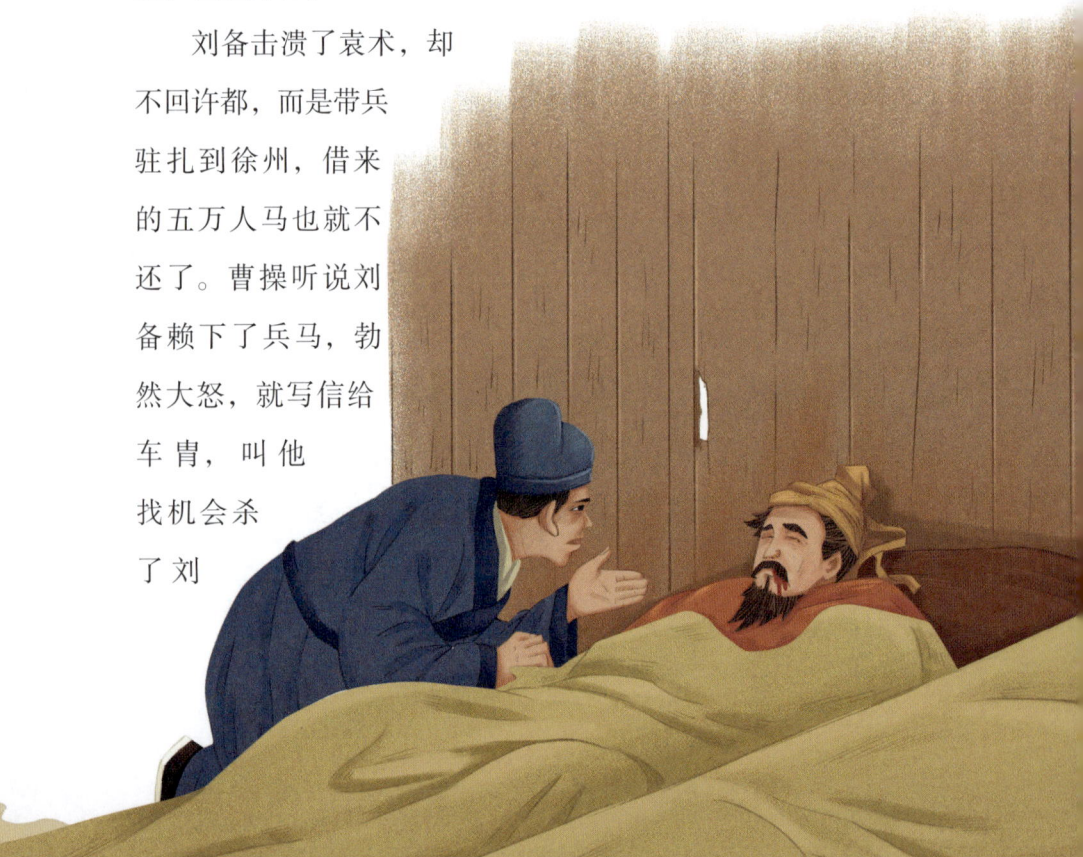

刘备击溃了袁术,却不回许都,而是带兵驻扎到徐州,借来的五万人马也就不还了。曹操听说刘备赖下了兵马,勃然大怒,就写信给车胄,叫他找机会杀了刘

备。一天，车胄安排人马埋伏在瓮城里，专等刘备在城外安抚完流民，进城的时候动手。

小黄：瓮城是什么？

小蓝：古代的一种城防设施，在城门外加筑一道半圆形或方形的城墙，形状如一个盛水的瓮，所以叫瓮城。敌人攻入时，将主城门和瓮城门关闭，即可形成"瓮中捉鳖"之势。

陈登听说后赶紧出城，去给刘备报信。关羽说："我有办法，这回一定要了车胄的脑袋！"

半夜，关羽带兵到了徐州城下。这支队伍本来就是曹操的，用的都是曹军的旗号、盔甲。关羽派小兵喊道："快开门！快开门！"

城上守军连忙问："下面是谁在叫门？"小兵答："我们是张辽将军的人马，是曹丞相派来的！"

车胄看了又看，夜色茫茫，哪里看得清楚，只好喊道："晚上分辨不清，等明天一早再说吧！"城下人又喊道："明天只怕刘备就知道了，快快开门！"然后下面一片声音高喊："开门！开门！快开门！"

车胄没办法，只得披挂上马，放下吊桥出城喊道："是张将军吗？"只见前面一片火把迎来，火光中冲出一员大将，正是关羽，他大喝一声："奸贼！竟敢谋害我大哥！"

车胄大吃一惊，勉强招架了几个回合，实在抵挡不住，拨马就跑。等到了吊桥边，城墙上突然乱箭齐发，车胄这才发现箭射的目标不是关羽，反而是自己。原来是陈登早就安排好了弓箭手，阻挡他进城。

车胄没办法，只好绕着城逃跑。关羽赶上来，手起刀落就把车胄的头砍了下来。

关羽带着车胄的头去见刘备。刘备忧喜交加："虽然得了徐州，但车胄是曹操的心腹，杀了他，曹操怎么肯善罢甘休？"

陈登说："曹操害怕袁绍，不如写信给袁绍求他发兵，曹操就顾不上我们了。"

袁绍这边收到信后，有点犹豫，就聚集手下的文臣武将商议。谋士田丰说："最近年年都在打仗，老百姓过得很苦，不如缓一缓，做好准备，三年后再说。"

谋士审配不同意："这样说不对，主公英明神武，我军兵强马壮，打一个曹操还不是动动手指头的事？何必等那么久！"

另一个谋士沮（jǔ）授说："曹操法令严明，跟公孙瓒可不一

第二十一章
讨曹贼袁绍怒起兵

样,我们没名没分地发兵去攻打,不是个好办法。"

谋士郭图反驳:"曹操专权,引起天下公愤,怎么能说没名没分呢? 我们联合刘备去消灭他,这才是顺应天意民心嘛。"

众谋士七嘴八舌,有的要打,有的反对,争论不休。袁绍觉得这个也有理,那个也有理,不知道听谁的好。

这时候谋士许攸、荀谌走了进来,袁绍又问他俩的意见。许攸、荀谌都说:"我们兵多,曹操兵少;我们强盛,曹操弱小,攻打曹操,就是讨伐汉贼,扶保汉室。照我们看,就应该立即起兵!"袁绍这才下定决心,命颜良、文丑为大将,带领精兵三十万,进军黎阳。

袁绍又听从了郭图的建议，发兵的同时，还要向天下发布一篇檄文，声讨曹操的罪状，这样才名正言顺，争取更多的支持者。这个任务就落到了陈琳的头上。陈琳是当时著名的才子，很快就把这篇文章写了出来，这篇文章的题目叫《为袁绍檄（xí）豫州》。文章从曹操的家世说起，痛斥曹操挟持天子，专横跋扈，作威作福。这篇文章回顾了袁绍的功绩，历数了曹操的罪恶，告

小黄：檄是什么？

小蓝：“檄”是一种文体名，古代官府用来表达征召、通知、声讨的文书。用檄文征召、统治的行为，也叫"檄"。

第二十一章
讨曹贼袁绍怒起兵

诚豫州的军民官吏认清形势，不要依附曹操。如果能砍了曹操的脑袋来献，重重有赏。

这篇文章写得太好了，气势磅礴，文笔犀利，一泻千里，一发表出来，就被到处传播。袁绍兵马还没动，舆论造势上倒是先赢了一局。

这篇檄文传来传去，就传到了许都。恰好此时曹操正在闹头疼病，躺在床上起不来。手下人把檄文抄了一份，送了进来。曹操读了一遍，只见里面字字句句都在揭自己的短，把曹家祖宗三代骂了个体无完肤，他吓得浑身一激灵，从床上一跃而起。再一摸身上，出了一身冷汗，头竟然不疼了！

曹操赶紧问手下人："这篇檄文是谁写的？"手下人答："听说是大名鼎鼎的陈琳，文才特别好。"曹操笑了笑说："文才嘛，必须和武略配合才行。陈琳虽然有文才，怎奈袁绍武略不够，那也没什么可怕的。"于是曹操聚集众谋士，商议迎敌之策。

孔融对曹操说："袁绍势力太强，还是跟他议和的好。"荀彧则说："袁绍是个没用的人，何必议和呢？"孔融说："袁绍手下人才济济，文官有田丰、沮授、许攸、郭图、审配、逢纪，都足智多谋；武将有颜良、文丑、高览、张郃、淳于琼，都是当代名将，怎么能说他没用呢？"

荀彧笑着说："袁绍兵虽多，却松松垮垮，疏于训练。而且这些谋士都有自己的毛病：田丰刚直犯上，许攸贪图金钱，审配独断专行，逢纪自以为是。这几个人一定互不相容，内部先乱起来。像颜良、文丑这些人，都是有勇无谋的大老粗，就算有百万大军，也不用怕。"听完分析，孔融这才没话说了。

曹操有了文武众臣的支持，分析清楚了局势，就开始整顿军马，准备和袁绍一决雌雄。

第二十二章
屯土山关公约三事

自从刘备离开许都后,董承每天和王子服等人商议,要扳倒曹操,但一直没想出什么好办法。眼看着曹操越来越骄横,董承忧心忡忡,就病倒了。

献帝派名医吉平到董承府上给他治病。时间一长,董承觉得吉平很可靠,就把心事跟吉平说了。

吉平说:"曹操经常犯头疼,一发作就疼得死去活来。每次都是召我进府,给他看病。等他下次犯病的时候,我给他煎一碗毒药,把他毒死,不就行了吗?"董承闻言大喜,连忙道谢。

没想到这个消息很快被曹操知道了。原来董承的一个家奴犯了错,被董承下令打了四十板子,关在空房里。家奴趁晚上扭断了锁,跳墙逃了出来。他怀恨在心,直奔曹操府上告密,说:"前些日子,王子服、吴子兰、种辑、吴硕、马腾五人在董承家里商议机密。董承拿出一条白绢,上面不知道写着什么。最近太医吉平经常来家里,我还看到他当着董承的面发誓。丞相您可要留心,说不准就是密谋对付您的。"

曹操就收留了这个家奴。第二天，他假装头疼，召吉平进府诊治。吉平暗暗高兴："今天这奸贼的死期到了！"他带着毒药进府，只见曹操躺在床上哼哼唧唧的。

吉平拿了一只药罐，放在火上煎起来，等水快干了，就把毒药偷偷下在里面，倒进碗里，端给曹操，说："丞相，喝下这碗药，病就全好了。"

曹操看了看药碗，迟迟不接。吉平有点着急，催他："丞相，要趁热喝下，待会儿出点汗就好了。"

曹操冷笑了一声，坐了起来，说："你既然读过书，就应该懂得礼义。你难道不曾听说：君王有病吃药，臣子先尝；父亲有病吃药，儿子先尝。你既然是我的心腹，难道不该先尝尝这药吗？"

第二十二章
屯土山关公约三事

吉平一惊,知道事情已经败露,急忙说:"药是用来治病的,何必要别人尝?"说完扑了上来,扯住曹操的耳朵,就要把这碗药灌下去。曹操跟他扭打起来,使劲一推,那碗药全都泼在了地上。这药的毒性也真猛烈,连铺地的方砖上都出现了好多裂纹。

曹操大怒,叫左右把吉平拿下,严刑拷打。第二天又带着吉平去董承家,把衣带诏和七人联名画押的义状搜了出来。吉平知道大势已去,就在董承家用头撞向台阶自杀了。

曹操余怒未消,又进宫来见献帝,呵斥道:"董承谋反,陛下知道吗?"献帝结结巴巴地说:"丞相说什么?董……董卓?不是已经死了吗?"曹操厉声喝道:"不是董卓,是董承!你难道忘了血书衣带诏?"献帝早已哆嗦成一团,一句话都说不出来了。

曹操本想就此把献帝废掉,又怕天下人不服,就派曹洪带了三千人马,把皇宫严密监视起来,不许献帝和任何外戚宗族接触。又把董承等五个大臣满门抄斩,足足杀了七百多人。

即便这样,曹操气还是没消,因为联名画押的名单上还有两位:左将军刘备和西凉太守马腾。这两人一个在东,一个在西,都手握重兵,占据要地,除掉他们可要费些力气。

曹操权衡了一下,决定先放下马腾这边,亲率二十万大军,直扑徐州,攻打刘备。

刘备听说曹操来了,赶紧让孙乾去找袁绍求救。谋士田丰带着孙乾进了袁绍府里,就见袁绍衣冠不整,没精打采地走了出来。

田丰大吃一惊，问道："主公今天怎么这副样子？"袁绍叹了口气，说："我有五个儿子，唯独最小的这个最受我宠爱，没想到这几天得了重病，快要死了，我哪还有心思管别的事？"

田丰只好劝说："主公，现在曹操东征刘备，许都空虚，这是个大好机会。乘虚而入一定能消灭曹操。"袁绍却说："唉，我也知道这是最好的机会，无奈我儿子生病，我心神不定，怎么能带兵打仗？"

袁绍又对孙乾说："你回去见到玄德，多多帮我解释。如果有

第二十二章
屯土山关公约三事

难,可以投奔我这里,我一定收留他。"说着摇摇晃晃进里屋去了。孙乾和田丰只得失望地出来。

刘备知道袁绍不肯发兵,只好硬着头皮迎战。他想趁曹操远来疲惫,半夜劫营。没想到曹操早有准备,把刘备的军队杀得大败。刘备孤身一人逃往河北,投奔袁绍去了;张飞落荒而逃,不知所踪;只剩关羽保护着刘备的两位夫人,宁死不降。关羽一行人被曹兵紧紧围困在一座土山上,他虽然勇猛,连夜几次试图冲下山来,但都被乱箭射回。

天亮时,关羽忽见张辽骑马跑上山来。张辽劝说道:"现在玄德、翼德都下落不明,兄长不如降曹吧。"

关羽冷笑了一声,说:"原来你是来劝降的?你回去跟曹操说,我虽然陷入绝境,但视死如归,一定要拼个你死我活!"

张辽笑了笑,说:"兄长,你这样说,难道不为天下人耻笑吗?你如果这样不明不白地战死了,就会有三条大罪。你和刘玄德桃园结义时,发誓同生共死。现在刘玄德虽然不知去向,或许并没有死。假如日后他来找你,发现你已经不在了,岂不辜负了当年的誓言?这是第一条罪过。"

关羽听了,低头沉思。张辽趁机又说:"刘玄德把两位夫人托付给你,你自己战死了,两位夫人无依无靠,这不又是一条罪过?兄长文武双全,本应该辅佐汉室,却逞匹夫之勇,白白送死,这就是第三条罪过。所以,不如暂时投降曹丞相,慢慢打听刘玄德下落，到时再作打算，岂不是更好？"

关羽沉吟了很久，说："既然你这样说，我也有三个条件，如果曹丞相能答应，我立即投降；如果不答应，我宁愿担着这三条罪过，战死沙场。"张辽忙说："兄长请讲。"

关羽说："第一，我当年和皇叔立誓，要共扶汉室，所以我今天只降汉帝，不降曹操；第二，两位皇嫂的生活费用，请按皇叔的俸禄供给，不许任何人上门骚扰；第三，一旦我打听到皇叔的下落，不管千里万里，就立即告辞，一刻也不停留。这三个条件，只要少了任何一条，我都断然不肯投降，请你回报丞相吧。"

张辽回去见曹操，先说了关羽的第一个条件。曹操笑着说："我是大汉丞相，降汉就是降我。这条没问题，然后呢？"张辽又说："两位夫人要好好供养。"曹操说："这都好说，我在刘备俸禄上再多加一倍，严禁闲杂人等上门，这都是理所应当的事，还有什么条件？"张辽最后说："关羽还说，只要打听到刘备的消息，立即告辞，前去投奔。"

第二十二章
屯土山关公约三事

曹操皱着眉，连连摇头说："这条有点难办，那我千方百计招降他又有什么用呢？"张辽却说："丞相不曾听说豫让'众人国士'之论吗？刘玄德待云长不过是恩深义重，丞相对他加倍施恩，打动他的心，我不信云长不真心归顺丞相。"曹操深以为然，这才点头答应，撤去重围。

关羽虽然投降了曹操，但是一直心事重重。他跟着曹操回到了许都，一面侍奉两位皇嫂，一面到处打听大哥、三弟的下落，就这样，日子在苦苦煎熬中一天天过去了。

小黄：国士是什么？豫让又是谁？

小红："国士"指国家杰出的人才。战国时，晋国有一位勇士叫豫让，为贵族智伯效力，智伯待他很好。智伯被杀后，豫让舍身去刺杀仇人，用生命报答了这位曾经给他国士待遇的人。

第二十三章
关羽斩颜良诛文丑

曹操果然待关羽很好，送了他很多金银财宝，三天一小宴，五天一大宴，又给他拨了一处府第，派了专人伺候。关羽把金银都交给二位嫂嫂收好，还时常去嫂嫂门外行礼请安。曹操知道了，更加敬佩他的为人。

有一天，曹操见关羽穿的绿锦战袍旧了，就给他做了一件新袍子。关羽把新袍子穿在里面，外面仍然罩上旧袍。曹操笑着说："云长怎么这样节俭呀？"关羽说："不是我节俭，因为这件旧袍是刘皇叔赐的，所以穿在外面，每天看到它，就如同见到兄长一样。"曹操心里有些不高兴，嘴上却说："真是义士！"

又有一天，曹操看见关羽骑着一匹瘦马，就问道："云长的马为什么这样瘦？"关羽说："我身体太重，马驮不动，所以累瘦了。"曹操连忙叫随从牵来一匹马，只见这马浑身火红，十分高大健壮。曹操说："这是吕布的赤兔马，现在送给云长了。"关羽十分高兴，立即下拜，连连道谢。

第二十三章
关羽斩颜良诛文丑

曹操很奇怪:"前些天我送你那么多金银美女,也没见你下拜;怎么今天送你一匹马,就高兴成这样?"关羽答:"这匹马能日行千里,如果得知兄长下落,就能马上见面了。"曹操心里有些懊悔,但马既然送出去了,也只能强装高兴,随口称赞了几句。

这时候,袁绍那边又在谋划攻打曹操,田丰不赞同:"上次许都空虚,主公没有进兵,错失良机;现在曹操破了徐州回来,主公反倒要进兵,一定会失利的。"袁绍大怒,把田丰投进监狱,派大将颜良作先锋,进攻小城白马。

曹操率五万大军到白马迎战,只见颜良早已摆开阵势,军容十分强盛。曹操就回头对宋宪说:"宋宪,你是当年吕布麾(huī)下猛将,敢和颜良交手吗?"

宋宪连忙答应，提枪上马来战颜良。颜良大喝一声，拍马来迎，不到三个回合，颜良手起刀落，把宋宪斩于马下。

曹操大吃一惊，旁边宋宪的同伴魏续说："看我给宋宪报仇！"就挺矛纵马杀了出来。颜良也不搭话，两马相交，只一个回合，就把魏续也劈于马下。

接着，曹营中又冲出大将徐晃，手提大斧迎战颜良，战了二十个回合，也招架不住，败了回来。就这样连败三场，曹营众将再也没有敢出战的了。

谋士程昱说："不如请关云长来试试。"曹操皱着眉说："他倒是打得过颜良，只是怕他立了功，报答过我，就要走了。"

程昱解释道："刘备如果还活着，一定会去投奔袁绍。如果关羽打败袁军，袁绍一定会怀疑刘备，没准就把刘备杀了。刘备一死，关羽不就没处可去了吗？"

曹操听完后恍然大悟，派人把关羽请来。

关羽跟着曹操登上一座土山，眺望袁军。只见颜良的队伍旗帜鲜明，刀枪密布。曹操说："你看河北的人马，是不是很威风？"

第二十三章
关羽斩颜良诛文丑

关羽冷笑了一声:"照我看,跟泥捏的也差不多。"曹操又用手一指,说:"那个穿绣袍披金甲手提大刀的,就是颜良。"关羽又冷笑一声,说:"照我看,他就是插标卖首。看我现在就去取来颜良的人头,献给丞相!"

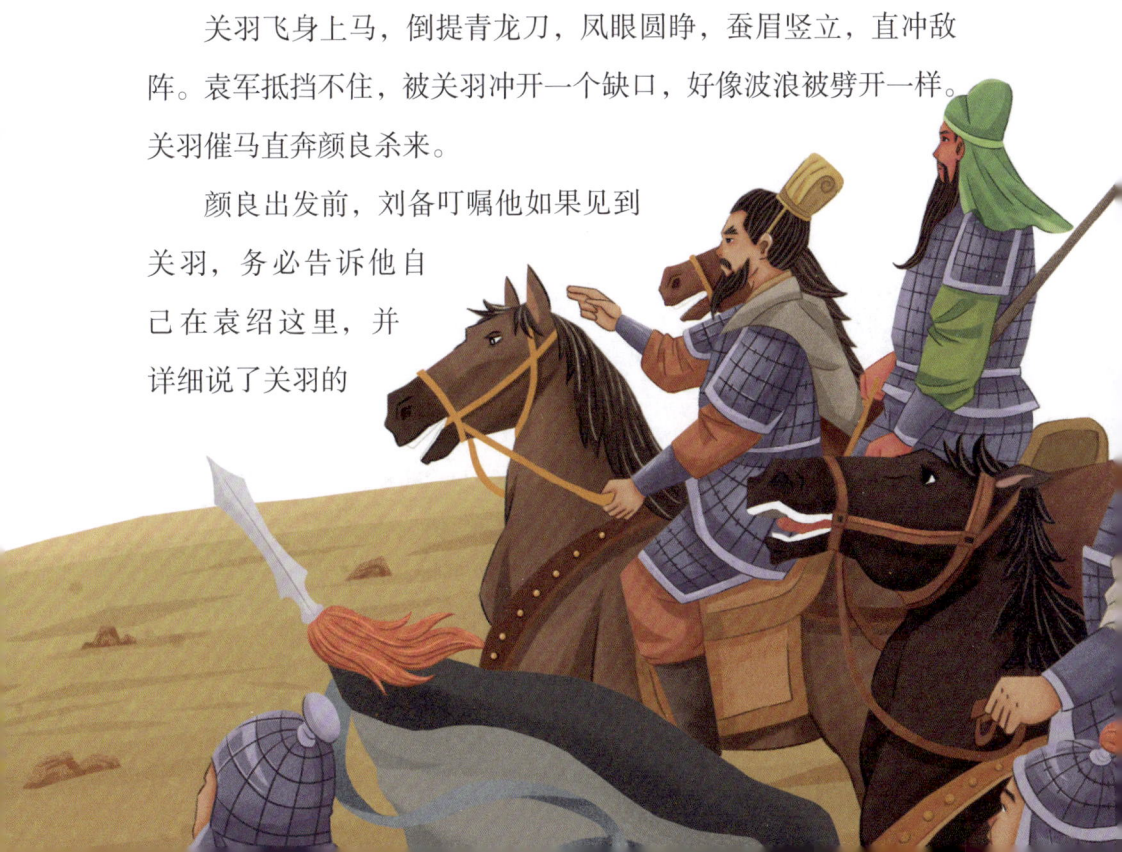

小黄:插标卖首是什么意思?

小红:根据民间习惯,在某件物品上插一根草,拿到市场上去,就表示这件东西要出售了。关羽的意思是说颜良出来到处招摇,马上就会把脑袋卖给自己,活不长久了。

关羽飞身上马,倒提青龙刀,凤眼圆睁,蚕眉竖立,直冲敌阵。袁军抵挡不住,被关羽冲开一个缺口,好像波浪被劈开一样。关羽催马直奔颜良杀来。

颜良出发前,刘备叮嘱他如果见到关羽,务必告诉他自己在袁绍这里,并详细说了关羽的长相。此时，颜良见一位红脸长胡子将军迎面冲来，正要开口询问，没想到关羽的赤兔马飞快，闪电一样冲到面前。颜良措手不及，被关羽手起一刀，刺于马下。关羽又迅速跳下马，割下颜良首级拴在马脖子下面，飞身上马，提刀出阵，如入无人之境。

袁军顿时大乱，曹军乘势攻击，大获全胜。曹操十分高兴，就上奏汉献帝，封关羽为汉寿亭侯。

颜良麾下的士兵逃了回去，说颜良被一位红脸长须大将冲进阵来斩了。袁绍大吃一惊："这人是谁？"谋士沮授说："这一定是刘备的二弟关羽关云长。"袁绍大怒，指着刘备喝道："你兄弟杀了我的大将，你一定是内奸。来人啊，推出去斩了！"

刘备慌忙辩解道："主公不要急，天下相貌相似的人多得很，怎么能说红脸长胡子的武将就一定是关羽呢？"袁绍是个没主意的人，听了也觉得有理，就责骂沮授："差点错听了你的话，误杀

第二十三章
关羽斩颜良诛文丑

好人。"于是依旧请刘备上座,又派大将文丑迎敌。

文丑来到延津,曹操也带兵赶到,问部下:"文丑是河北名将,谁敢去把他擒来?"张辽、徐晃得令,一齐出马,大叫道:"文丑哪里走!"

文丑按住铁枪,弯弓搭箭,一箭朝张辽射去。张辽急忙低头,这支箭射中了头盔,将盔缨射掉了。张辽奋力赶上,没想到文丑又是一箭,射中了张辽的战马,一下子把张辽掀翻在地上。

文丑纵马上前,就要当场杀掉张辽。徐晃急忙抡开大斧,截住文丑,救下了张辽。文丑的部下一拥而上,徐晃知道打不过,只好拨马而回。

文丑初战得胜后耀武扬威地追杀上来,忽然见到一员大将,飞马提刀,迎面而立,正是关羽。文丑只得迎战,他知道颜良就死在关羽手里,自己跟颜良本事也差不多,越打越害怕,不到三个回合,他就再也不敢战下去了,偷空拨马逃走。没想到关羽骑的是赤兔马,一眨眼就追到身后,照他脑后一刀就把他砍下马来。

曹操又打了个大胜仗,叫夏侯惇把守官渡关口,自己收兵回许都去了。

袁绍这回打听清楚了,杀了颜良、文丑的确实就是关羽,不禁大怒,喝命:"把刘备绑出去砍了!"

刘备慌忙说:"请容我死前说一句话:曹操素来忌恨我,他知道我在您这里,故意让我二弟杀了颜良、文丑,这是离间我们的关系,好借您的手杀我。不如我给云长写一封信,把他叫来,也在您帐下效力,岂不是好事?"袁绍听了又转怒为喜:"我要是得了关云长,胜过颜良、文丑十倍。"于是就又把刘备放了。

刘备连夜写了一封信,找了个可靠的人,暗中送到关羽手里。关羽看了信,悲喜交加,就来找曹操告辞。

曹操知道关羽来意,故意闭门不见。关羽来了好几次,都没能进府,但他去意已决,就把曹操赐的所有金银装在一起,一分一毫都没有动;汉寿亭侯的大印也挂在堂上;曹操赐的侍女、差役、仆人一个不带,全都留下。关羽骑着马,保护着两位嫂嫂的车子,带着二十多个原来的随从,出许都城门远去了。

第二十四章
关云长千里走单骑

曹操部将蔡阳听说关羽就这样走了,不禁大怒,就要带兵去追。曹操喝道:"追什么?云长不忘故主,来去明白,金银财物不能收买他,高官厚禄不能打动他,真是位大丈夫,你们都应该向他学习才是。"

程昱说:"关羽如果去投奔袁绍,袁绍岂不是如虎添翼?不如追上去把他杀了,以绝后患。"曹操摇头:"我既然答应过他,怎能失信?大家各为其主,杀他做什么?不过,趁他还没走远,不如再送送他,交一交这个朋友。"说完就带着众将一路追赶上来。

关羽刚保护着车马过了一座桥,见曹操带人追来,只好停下,回头问道:"之前跟丞相讲得清清楚楚:只要打听到皇叔下落,就立即放我去寻找,今天为什么又来追我?"

曹操笑着说:"哪里的话!只是怕将军走得匆忙,没带盘缠,特地送些金银给将军路上用。"说完就叫人托过一大盘黄金来。

关羽笑了笑说:"我带了不少盘缠。这些金银丞相留下赏给将士就是,不必给我。"曹操见关羽不要,又说:"云长是义士,既然不要金银,这件新锦袍一定要收下。"然后就叫人双手捧着锦袍过来。关羽怕其中有诈,又不好推辞,就一挥青龙偃月大刀,用刀尖挑着锦袍披在身上,向曹操道了声谢,拨马去了。

关羽走了一程,路过一座村庄,就进去投宿。老庄主名叫胡华,听说客人是斩颜良诛文丑的关云长,十分高兴,连忙热情款待,并说:"我有个儿子名叫胡班,在荥(xíng)阳太守王植手下办事。将军路上经过荥阳,还请帮忙捎一封家信给他。"关羽自然痛快地答应了。

第二天一行人启程,一路来到东岭关。守关将领名叫孔秀,闻讯出关来迎:"关将军去哪里?"关羽说:"我辞别了丞相,要去河北寻找兄长刘备。"

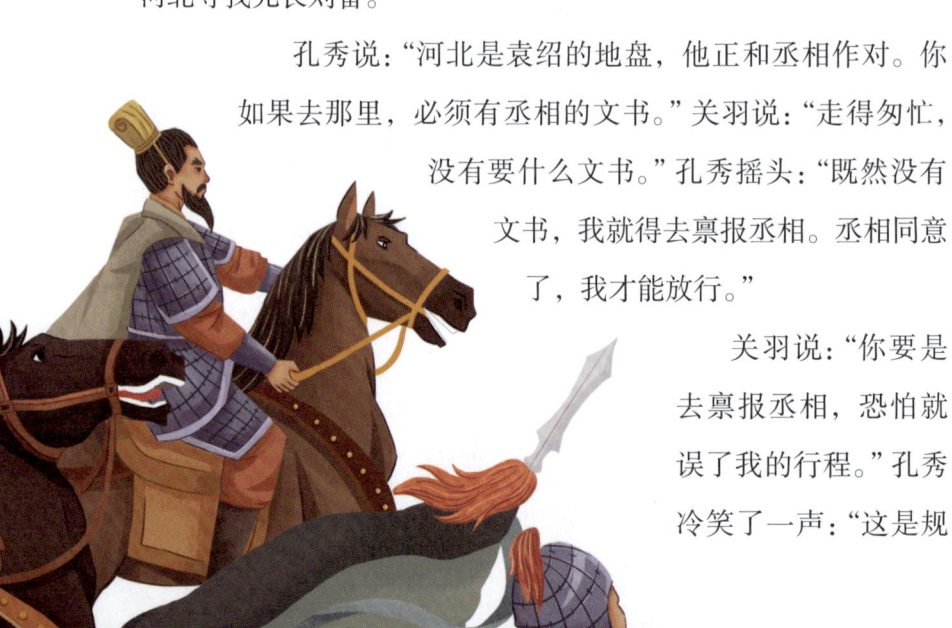

孔秀说:"河北是袁绍的地盘,他正和丞相作对。你如果去那里,必须有丞相的文书。"关羽说:"走得匆忙,没有要什么文书。"孔秀摇头:"既然没有文书,我就得去禀报丞相。丞相同意了,我才能放行。"

关羽说:"你要是去禀报丞相,恐怕就误了我的行程。"孔秀冷笑了一声:"这是规

矩，不得不如此。你要过去也行，就得留下老小作为人质。"

关羽大怒，举刀就要杀孔秀。孔秀回去披挂上马，也挺枪来迎，只一个回合，关羽一刀就把孔秀斩于马下。

守关士兵大吃一惊，四散逃走。关羽大喊道："不要走！我只是过路，不得已才杀了孔秀，和你们无关！"于是他们顺利通过了东岭关。

洛阳太守韩福听说了，连忙召集众将商议。副将孟坦出谋划策："我先出战，引诱他来追，追到近前，您就放暗箭。"两人商

量好了便出城迎接关羽。

韩福喝道:"我奉丞相之命把守此地。你如果没有文书,就是奸细!"关羽大怒:"东岭关孔秀已经被我杀了,你是不是也要找死?"韩福也怒喝一声:"谁敢捉拿关羽?"孟坦答应一声,舞动双刀来战。关羽举青龙刀迎战,不到三个回合,孟坦假装不敌,拨马就向后逃。关羽在后面紧追不舍。

孟坦本想把关羽引到关前,让韩福放冷箭射他。没想到关羽马快,一眨眼就到了身后,手起一刀,把孟坦斩为两段。

韩福见状大吃一惊,急忙用力放了一箭,射中了关羽的左臂。关羽忍着疼,用嘴咬住箭杆,一下把箭拔了出来,随即拍马冲上来。韩福慌了神,但已经来不及逃走了。关羽手起刀落,把他也斩于马下。

就这样,关羽过了洛阳,连夜来到汜水关。只见守关将领卞喜满脸堆笑地迎了出来,恭维道:"将军名扬天下,现在又去投奔皇叔,这份忠义更让人钦佩!"关羽听他说话顺耳,就把斩孔秀、韩福、孟坦的事说了。卞喜连连点头,说:"将军杀得好!等我见了丞相,替你多多分辩。"几句话捧得关羽心里高兴,就随他进了关。

卞喜把关羽请到一座寺院里休息,这寺院叫镇国寺,里面住着三十多个僧人。其中有一位法名普净的,是关羽的老乡。普净和尚上前说道:"将军离别家乡蒲东,到现在有多少年了?"关羽

第二十四章
关云长千里走单骑

说:"将近二十年。"普净说:"还认得贫僧吗？贫僧家和将军家只隔一条河……"

关羽还没答话，卞喜就喝道:"我要请将军赴宴，你一个和尚，多嘴什么？"关羽感到有点奇怪，说:"那有什么？我们既然是老乡，叙叙旧有什么大不了？"普净就趁机捧上茶来，一面敬茶，一面把腰里的戒刀连举了几下，故意让关羽看见。

关羽立即就明白了，卞喜一定有阴谋，普净是借机提醒自己。这时卞喜已经在寺里的法堂摆开宴席，请关羽入席。关羽冷冷地说:"卞将军，你今天请我喝酒，是好意还是歹意？"

卞喜知道阴谋败露，大喊一声:"还不动手！"话音刚落，只见帘幕后冲出二百多名刀斧手，一齐向关羽杀来。然而，这些人

小黑：流星锤是种什么武器？

小蓝：流星锤是一种将金属锤头系于长绳一端或两端制成的软兵器，所以卞喜能把它系在腰上。

哪里是关羽的对手，关羽拔剑左劈右砍，把这些人杀得非死即伤，活着的也纷纷逃走了。

卞喜见状慌了，连忙蹿进走廊，想要逃走。关羽丢掉宝剑，拎起大刀追上来。卞喜从腰里解下来一个流星锤，嗖的一锤打来。关羽连忙用刀格挡，只听当的一声，流星锤砸在刀面上，火花四溅。卞喜刚要收锤再打，关羽一个箭步赶上去，一刀把卞喜砍为两段。

关羽谢过普净和尚，护送两位夫人过了汜水关，往荥阳进发。远远就见荥阳太守王植迎出城来，殷勤地说："将军路上辛苦了，请到馆驿安歇。"

关羽护送着两位夫人进了城，到馆驿住下，四周看了看，并没有什么异常。关羽这才稍稍放心。

第二十四章
关云长千里走单骑

哪知道王植没安好心,他把部下胡班叫来,说:"关羽勇猛,真动起手来,我们都不是他的对手。你晚上带人围住馆驿,连夜放把火,把他烧死得了。"

胡班不敢违抗命令,就点兵悄悄围住馆驿,堆好干柴。看看约定放火的时间还没到,他就想:"早就听说关云长的大名,不知道长得什么样,待我偷看一下。"

胡班悄悄走进院子,一直来到厅前。只见关羽还没睡,一只手捋着胡须,一只手拿着书,正在灯下读书,神态十分庄重威严。

胡班忍不住失声赞叹了一句:"哎呀,真的像天神下凡啊!"关羽连忙抬头,问道:"什么人?"

胡班上前拜见,说了姓名。关羽连忙扶起他,说:"你就是胡班?恰好你父亲胡华托我捎了封家信来。"就把那封信拿了出来。

汲县

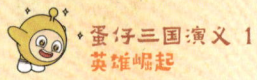

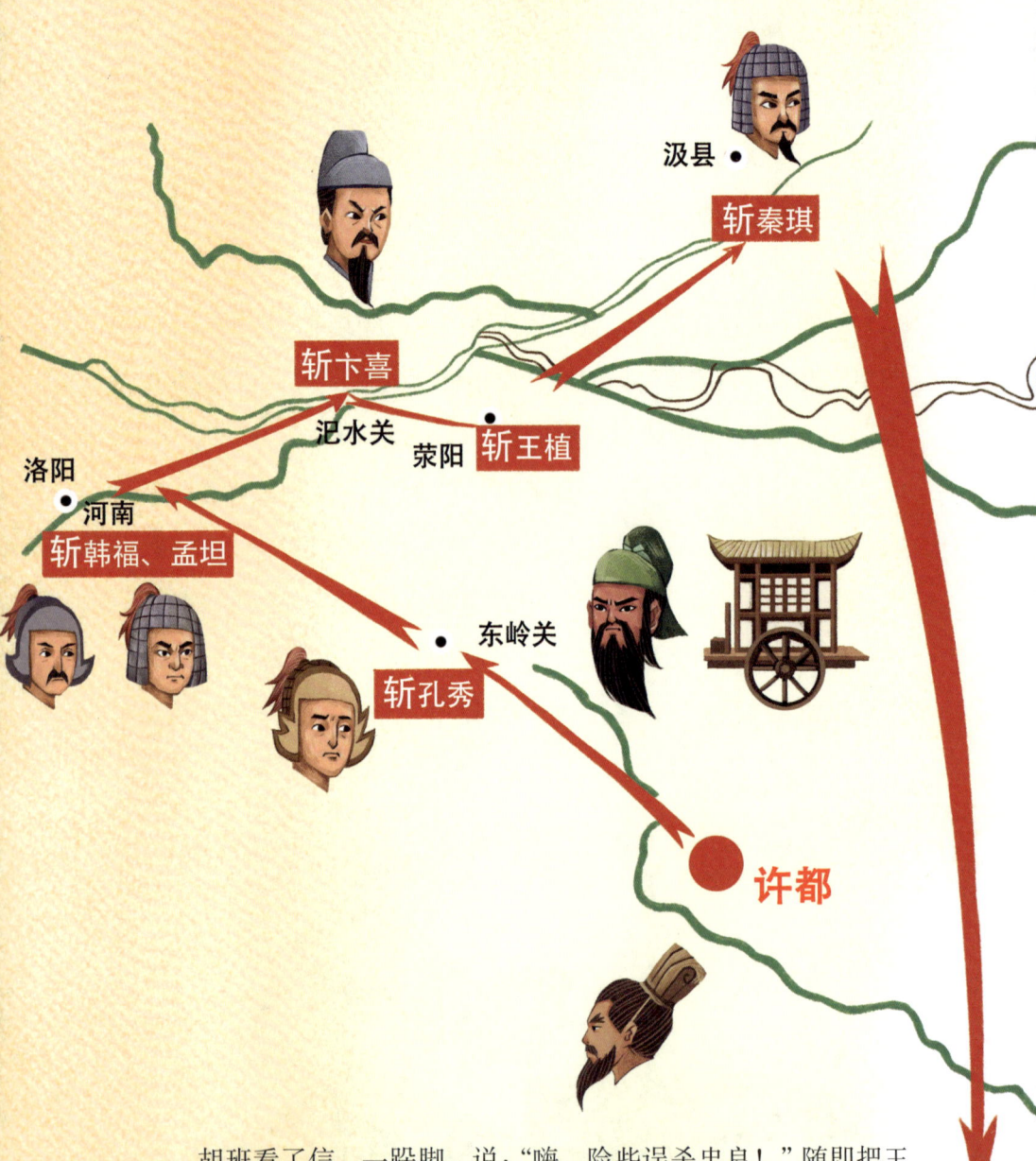

斩秦琪

斩卞喜

汜水关　荥阳　斩王植

洛阳
· 河南

斩韩福、孟坦

东岭关

斩孔秀

许都

　　胡班看了信，一跺脚，说："嗨，险些误杀忠良！"随即把王植密谋放火的事跟关羽说了。

　　关羽大惊，连忙叫起两位夫人，上马出城。胡班偷偷打开城

第二十四章
关云长千里走单骑

门，把关羽一行放了出去。

不一会儿，王植带兵大喊大叫地追杀上来。关羽回马大骂："王植，我跟你无冤无仇，为什么放火烧我？"王植也不答话，拍马挺枪，直刺关羽。关羽恨他阴谋暗算，拦腰一刀，把他砍为两段。

关羽过了荥阳，继续前行，不久就到了黄河渡口。过了黄河，那边就是袁绍的地盘了。

黄河渡口的守将叫秦琪，仗着他是夏侯惇的部将，又是大将蔡阳的外甥，趾高气扬地迎了出来，问道："来的是什么人？"

关羽客客气气地说："汉寿亭侯关羽，要去河北寻找兄长刘玄德，特来借船过河。"

秦琪说："我奉夏侯将军命令，在这里把守，你如果没有丞相公文，就算插上翅膀也飞不过去。"关羽大怒，圆睁凤眼："你知道路上拦我的人都是什么下场吗？"

秦琪冷笑了一声，说："你杀的都是些无名小将，敢杀我吗？"关羽喝道："你比颜良、文丑怎么样？"

秦琪大怒，纵马提刀，朝着关羽就砍。关羽不慌不忙，只等他过来，举刀一挥，就把秦琪的人头斩落在地。从关羽启程算起，到这里一共闯过了五道关口，斩杀了六员大将。

秦琪的军士吓坏了，赶紧准备船只，请关羽和两位夫人上船，安安稳稳地把他们送到了对岸。关羽保护着两位夫人，继续寻找刘备去了。

第二十五章
会古城三兄弟聚义

关羽护送着两位夫人,一路继续前行。路上遇到了孙乾,才知道袁绍手下文武百官不和:田丰一直被关在大牢里,沮授被袁绍贬了官,审配、郭图互相争权,袁绍自己也没个准主意,上上下下离心离德。所以刘备已经离开袁绍,去汝南另投他人。关羽立即掉转方向,往汝南进发。

走了一程,只听背后马蹄声响,一队人马赶来,大叫道:"关羽不要走!"为首的竟然是曹操部下大将夏侯惇。

关羽回身勒马,按住大刀问道:"你来追我做什么?"夏侯惇说:"你沿路斩杀守将,十分无礼!我特来捉拿你回去交给丞相发落!"说完,就拍马挺枪,杀了上来。

关羽正要招架,只见夏侯惇身后一匹快马飞奔而来,马上的信使

第二十五章
会古城三兄弟聚义

大喊道："夏侯将军！不要和关将军交战！"夏侯惇只得住手。那信使从怀里取出一封公文，说："曹丞相敬重关将军忠义，怕路上关卡拦截，特地发出公文，派我通知各处放行。"

夏侯惇说："那关羽一路上杀了许多守关将士，丞相知不知道？"使者说："这个……倒是不知道。"夏侯

惇哼了一声，说："这就是了。我只是活捉他去见丞相，丞相愿意放他，到时候只管放他好了。"

关羽大怒："我还怕你不成？"拍马舞刀，朝夏侯惇就砍。夏侯惇挺枪来迎，两人不分胜负。

两人战了不到十个回合，又有一名使者飞马赶到，大叫："两位将军住手！"夏侯惇停住枪问道："是丞相叫我捉拿关羽的吗？"使者说："不是，丞相怕守关诸将阻挡关将军，又派我来发公文放行。"夏侯惇说："丞相知道他路上杀人吗？"使者说："不知道。"夏侯惇冷笑一声："既然不知道他杀人，就不能放走！"于是指挥手下军士，把关羽团团围住。

关羽圆睁两眼，就要和夏侯惇继续交锋。这时候又有一个人飞马赶来，一边跑一边大喊："云长、元让（夏侯惇的字），不要交战！"原来是大将张辽赶到了。

张辽上前传达曹操命令："丞相已经知道云长过关斩将，只怕此后还有阻拦，特派我传令各处放行。"

夏侯惇皱着眉头说："秦琪是蔡阳的外甥，他把秦琪托付给我照顾，现在被关羽杀了，我有什么脸面去见蔡将军？"张辽说："我自会向蔡将军解释。既然丞相宽宏大量，叫我们放云长走，那就不可违命。"夏侯惇只好撤了人马，和张辽回去了。

关羽继续向汝南进发，路上遇到一伙强盗，为首的叫周仓，是一条好汉。周仓久闻关羽的大名，就遣散了小喽啰，自己投到

第二十五章
会古城三兄弟聚义

关羽手下，跟随关羽向汝南出发。

又走了几天，远远望见一座小城。关羽找了个当地人打听，那人说："这个地方叫古城，几个月前，来了一位将军，名叫张飞，赶走县令占了这座城，现在已经聚集了三五千人马，附近的城池没人敢惹。"关羽不由得喜出望外："自从徐州失散，一直不知三弟下落，没想到却在这里。"于是就叫孙乾先进城通报。

孙乾进城见了张飞，刚说了几句，只见张飞也不答话，怒气冲冲地披起铠甲，提着丈八蛇矛，点起一千多人马，就往城外走。孙乾暗暗吃惊，也不敢多问，只好跟出城来。

关羽远远地见张飞来了，忍不住一阵狂喜，连忙把青龙偃月刀交给周仓拿着，自己拍马迎了上来。

只见张飞环眼圆睁，虎须倒竖，大吼一声，举起长矛就向关羽刺来。

关羽大吃一惊，连忙闪过，叫道："贤弟，我是关羽啊！"

张飞喝道："知道你是关羽！你既然无情无义，还有什么面目来见我？"

关羽说："我是护着两位嫂嫂来寻找你和大哥的，怎么说我无情无义？"

张飞答："你背叛了大哥，投降了曹操，自己混上了荣华富贵，又来骗我吗？我今天就要和你拼个死活！"

关羽长叹了一声："唉，你不知道我的苦衷，这里面曲折太多。"

这样吧，你去问两位嫂嫂。"

两位夫人听到外面吵起来，连忙掀开车帘，叫道："三叔住手！二叔不知道你们的下落，暂时在曹操那里安身，实在是出于无奈。现在历尽千辛万苦，送我们到这里。三叔千万不要莽撞！"

孙乾在旁边也不住劝说，张飞怒气冲冲地说："嫂嫂不要被他骗了！忠臣宁死而不受辱，哪有事二主的道理？他哪里安着什么好心，一定是来捉我的！"关羽气得哭笑不得："我要是来捉你，一定会带兵马来。你看现在哪里有兵马？"哪想到，张飞用手一指："那不是兵马是什么？"

关羽回头一看，也吃了一惊，原来后面果然来了一队打着曹军旗号的兵马，他一时张口结舌，不知道怎么解释。张飞怒气更盛："你现在还敢狡辩吗？"说着，挺起丈八蛇矛，又刺了过来。

第二十五章
会古城三兄弟聚义

关羽急忙拦住，说："贤弟且慢，看我把来将斩了，你才知道我的真心！"张飞说："哼！那我敲三通鼓，三通鼓的时间里，你斩了来将，才能证明你的真心。"关羽答应一声，提刀回马迎战。

小黄：一通鼓是多久？

小蓝："通"也就是遍数，一通鼓通常为三百三十三下，大约是今天的五分钟。古代没有钟表，军队里集合、列队等行动惯用敲鼓来计时。士兵听着鼓声完成动作，更整齐。

只见那支人马眨眼间冲到近前，领兵的大将却是蔡阳。蔡阳大喝道："你杀了我外甥秦琪，原来逃到了这里！我奉丞相之命，特来捉拿你！"关羽也不搭话，举刀就砍，两人战在一处。

这边张飞亲自擂鼓,只听咚咚咚一阵响,一通鼓还没完,关羽大刀一挥,就把蔡阳的人头斩落在地。关羽还怕张飞不信,上前活捉了一个扛旗的小兵,来见张飞。

张飞仔细审问,这才相信关羽此行护送嫂嫂,寻找兄弟,确实是一片真心。兄弟二人于是抱头痛哭,互相倾诉离别之情。

关羽把两位嫂嫂交给张飞照顾,自己继续上路探听刘备的消息。原来,刘备见汝南兵少,又回河北找袁绍商议。刘备对袁绍说要去荆州说服刘表,约他起兵一起攻打曹操,路上正好和关羽相见。两人久别重逢,又痛哭了一场。

刘备、关羽一起往古城进发,途经卧牛山,又遇到了赵云。

第二十五章
会古城三兄弟聚义

原来赵云自从公孙瓒覆灭后，到处流浪，暂时在这里安身。刘备说："当年我一见子龙，就觉得十分投缘，没想到今天在这里相遇。"赵云也说："我奔走半生，没有遇到过明主。现在您就是我的主公，以后肝脑涂地，在所不辞！"于是众人一起奔赴古城。

这时候刘备部下人丁兴旺，全城喜气洋洋：三兄弟重新聚首，新得了大将赵云，关羽又收了一位义子，名叫关平，和周仓一起成为他的左膀右臂。糜竺和兄弟糜芳也闻讯赶来，和糜夫人相聚。大家欢天喜地，杀牛宰马，拜谢了天地，又大摆宴席，接连庆祝了好几天。

蛋仔三国演义 1
英雄崛起

精读手册

导语

穿越千年的英雄成长课
——我们为什么要读《三国演义》

亲爱的小读者：

当你翻开这本沉甸甸的书时，开启的不仅仅是一个荡气回肠的故事，更是一扇通往1800年前的时光之门。在那个烽火连天的年代，有这样一群闪耀如星辰的人物：神机妙算的诸葛亮，忠义千秋的关羽，仁义爱民的刘备，粗中有细的张飞，浑身是胆的赵云……

虽然，这些英雄都不是完美无缺的：关羽会骄傲，张飞爱发脾气，曹操性格多疑……但正是这些缺点让他们更真实，就像我们身边的每一个人，也像长大过程中的你自己。

这本书里还藏着许多有趣的"人生通关秘籍"：诸葛亮"草船借箭"的故事，教会我们要善用天时地利；曹操"望梅止渴"的典故，展现了语言的力量和领导者的智慧；司马懿忍辱负重的经历则告诉我们，有时候等待比进攻更需要勇气。这些故事之所以能流传千年，正是因为它们蕴含着永不褪色的人生智慧。

读完这本书，你或许会明白：

真正的英雄不是从不失败，而是跌倒后能重新站起来；

最大的智慧不在于计谋，而在于明辨是非；

真正的成功不仅靠能力，更要靠品德。

当你合上书本时，那些刀光剑影或许会淡去，但关羽的赤兔嘶鸣、诸葛亮的羽扇轻摇、赵云的银枪闪烁，一定会定格为你心中永恒的画面。这些英雄的故事，终将成为照亮你成长之路的璀璨星辰。

期待你在这本书里收获智慧，遇见更好的自己！

《三国演义》的前世今生

　　《三国演义》又名《三国志演义》《三国志通俗演义》，是我国小说史上最著名最杰出的长篇章回体历史小说。

　　《三国演义》的作者是元末明初人罗贯中，在其成书前，"三国故事"已经历了数百年的历史发展过程。在唐代，三国故事已广为流传，连儿童都很熟悉。随着市民文艺的发展，宋代的"说话"艺人，已有专门说三国故事的，当时称为"说三分"。元代出现的《三国志平话》，实际上是供说书人使用的本子，虽较简略粗糙，但已初具《三国演义》的规模。罗贯中在群众传说和民间艺人创作的基础上，又依据陈寿《三国志》及裴松之注中所征引的资料（还包括《世说新语》及注中的资料），经过巨大的创作劳动，写成了规模宏伟的巨著——《三国演义》。

　　《三国演义》从汉灵帝中平元年（184）黄巾起义写起，到西晋太康元年（280）三国统一为止，描写了九十余年的重大历史事件及历史人物的活动，展示了三国兴亡的历史画卷，形象地再现了这一风云变幻而又动荡不安的历史时代。

——"语文阅读推荐丛书"《三国演义》导读，
人民文学出版社 2019 年版

作者小档案

　　罗贯中，元末明初通俗小说家，名本（一说名贯），字贯中，号湖海散人，籍贯有太原（今山西太原）、东平（今山东东平）、钱塘（今浙江杭州）、庐陵（今江西吉安）四种说法，其生卒年代不详，鲁迅考定为大约在1330—1400年。其生平事迹多不可考，只有一些片段的提及。
　　……
　　今天所能知道的他的创作有小说：《三国志通俗演义》（即《三国演义》）、《隋唐志传》、《残唐五代史演义》、《三遂平妖传》等，另据说他是《水浒传》的作者之一；杂剧三种：《赵太祖龙虎风云会》《三平章死哭蜚虎子》《忠正孝子连环谏》，其中后两种今已不存。

三国人物图鉴

刘备 字玄德

外貌： 身长七尺五寸，两耳垂肩，双手过膝。目能自顾其耳，面如冠玉，唇若涂脂。

性格： 宽厚仁爱，礼贤下士

兵器： 双股剑

高光时刻： 煮酒论英雄、三顾茅庐、携民渡江

张飞 字翼德

外貌： 身长八尺，豹头环眼，燕颔虎须，声若巨雷，势如奔马。

性格： 暴躁勇猛、嫉恶如仇

兵器： 丈八蛇矛

高光时刻： 怒鞭督邮、长坂桥退曹军

关羽 字云长

外貌：身长九尺，髯长二尺，面如重枣，唇若涂脂，丹凤眼，卧蚕眉，相貌堂堂，威风凛凛。

性格：忠义无双、刚毅威严

兵器：青龙偃月刀

高光时刻：温酒斩华雄、千里走单骑

曹操 字孟德

外貌：身长七尺，细眼长髯

性格：雄才大略、奸诈多疑

兵器：倚天剑

高光时刻：刺杀董卓、横槊赋诗、官渡之战

本册历史大事记

公元184年 2月,以张角为首的黄巾起义爆发。

公元189年 大将军何进被杀,9月,董卓入京,废少帝,立陈留王为帝,是为汉献帝。

公元190年 1月,各路诸侯推举袁绍为盟主,起兵讨伐董卓。

公元192年 司徒王允设计促吕布杀死董卓。曹操击败黄巾军。

公元193年 曹操之父曹嵩被杀,曹操大败徐州牧陶谦。

公元194年 陶谦病亡,刘备领徐州牧。

公元198年 10月,曹操攻吕布,12月,吕布亡。

公元199年 袁绍破公孙瓒,6月,刘备佐曹操讨伐袁术,袁术病死。

公元200年 曹操破刘备,取得徐州,刘备投奔袁绍,关羽投曹操。

涂色游戏

休息一下大脑,动笔给三国人物涂个色吧!

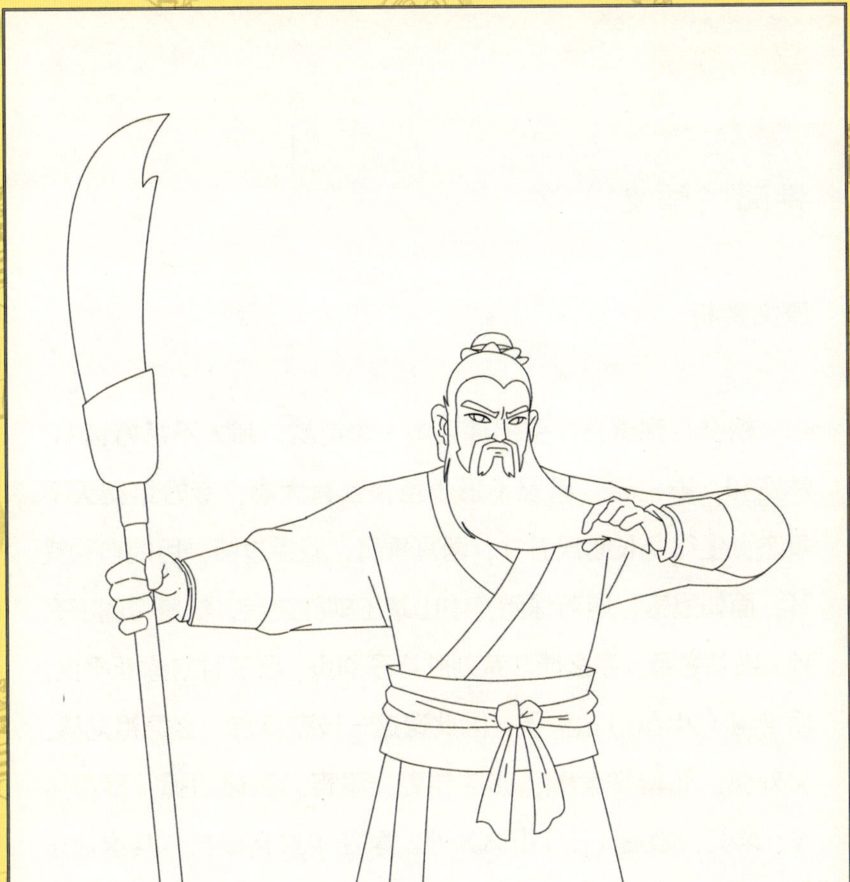

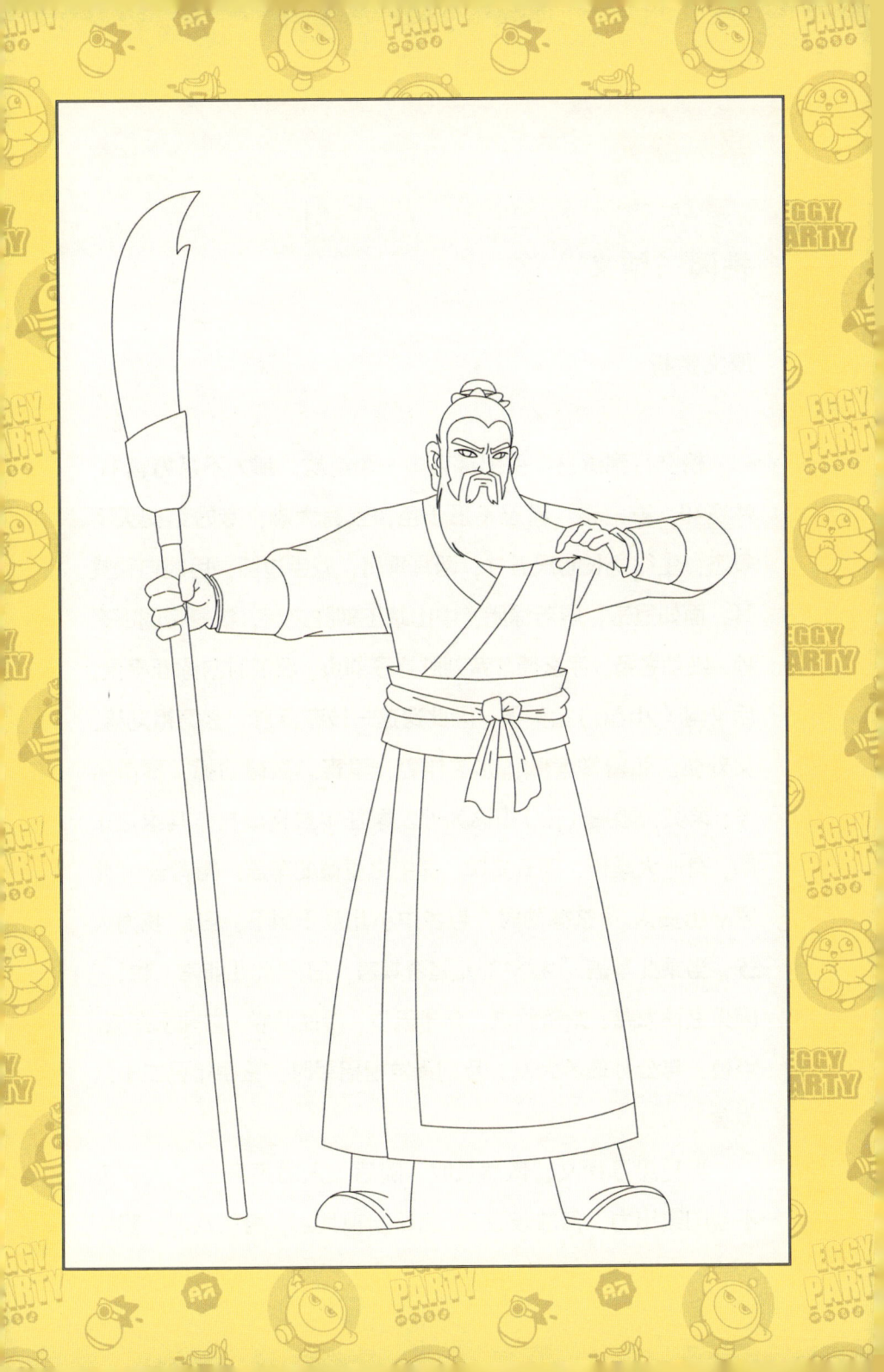

精彩原文

桃园三结义

原文赏析

榜文行到涿县，引出涿县中一个英雄。那人不甚好读书，性宽和，寡言语，喜怒不形于色，素有大志，专好结交天下豪杰，生得身长七尺五寸，两耳垂肩，双手过膝，目能自顾其耳，面如冠玉，唇若涂脂，中山靖王刘胜之后，汉景帝阁下玄孙，姓刘名备，字玄德。昔刘胜之子刘贞，汉武时封涿鹿亭侯，后坐酎（zhòu）金失侯，因此遗这一枝在涿县。玄德祖刘雄，父刘弘。弘曾举孝廉，亦尝作吏，早丧。玄德幼孤，事母至孝；家贫，贩屦（jù）织席为业。家住本县楼桑村。其家之东南，有一大桑树，高五丈馀，遥望之童童如车盖。相者云："此家必出贵人。"玄德幼时，与乡中小儿戏于树下，曰："我为天子，当乘此车盖。"叔父刘元起奇其言，曰："此儿非常人也！"因见玄德家贫，常资给之。年十五岁，母使游学，尝师事郑玄、卢植，与公孙瓒等为友。及刘焉发榜招军时，玄德年已二十八岁矣。

当日见了榜文，慨然长叹。随后一人厉声言曰："大丈夫不与国家出力，何故长叹？"玄德回视其人，身长八尺，豹头环眼，燕颔（hàn）虎须，声若巨雷，势如奔马。玄德见他形貌异常，问其姓名。其人曰："某姓张，名飞，字翼德。世居涿郡，颇有庄田，卖酒屠猪，专好结交天下豪杰。恰才见公看榜而叹，故此相问。"玄德曰："我本汉室宗亲，姓刘，名备。今闻黄巾倡乱，有志欲破贼安民，恨力不能，故长叹耳。"飞曰："吾颇有资财，当招募乡勇，与公同举大事，如何？"玄德甚喜，遂与同人村店中饮酒。正饮间，见一大汉，推着一辆车子，到店门首歇了，入店坐下，便唤酒保："快斟酒来吃，我待赶入城去投军。"玄德看其人身长九尺，髯长二尺，面如重枣，唇若涂脂，丹凤眼，卧蚕眉，相貌堂堂，威风凛凛。玄德就邀他同坐，叩其姓名。其人曰："吾姓关，名羽，字长生，后改云长，河东解良人也。因本处势豪倚势凌人，被吾杀了，逃难江湖，五六年矣。今闻此处招军破贼，特来应募。"玄德遂以己志告之，云长大喜，同到张飞庄上共议大事。

飞曰："吾庄后有一桃园，花开正盛，明日当于园中祭告天地，我三人结为兄弟，协力同心，然后可图大事。"玄德、云长齐声应曰："如此甚好。"次日，于桃园中，备下乌牛白马祭礼等项，三人焚香再拜而说誓曰："念刘备、关羽、张飞，虽然异姓，既结为兄弟，则同心协力，救困扶危，上报国家，下安黎庶，不求同年同月同日生，只愿同年同月同日死。皇天后土，实鉴此心。背义忘恩，天人共戮！"誓毕，拜玄德为兄，关羽次之,张飞为弟。祭罢天地,复宰牛设酒,聚乡中勇士,得三百馀人,就桃园中痛饮一醉。

——节选自《三国演义》第一回"宴桃园豪杰三结义 斩黄巾英雄首立功"

人民文学出版社2019年版

赏析

作者运用精炼而生动的笔触,塑造了三位性格鲜明的英雄形象。刘备"两耳垂肩,双手过膝"的外貌描写,借用古代相术突出其"帝王之相";"性宽和,寡言语"的性格刻画,展现其沉稳内敛的领袖气质。张飞"豹头环眼,燕颔虎须"的粗犷形象与其豪爽直率的性格相得益彰,一句"大丈夫不与国家出力,何故长叹?"尽显其豪迈本色。关羽"面如重枣,唇若涂脂,丹凤眼,卧蚕眉"的经典造型,配合其因杀势豪而逃难的背景故事,生动塑造出一个忠义凛然的英雄形象。三人性格迥异却互补,为后续的兄弟情谊和事业合作埋下伏笔。

作者巧用四字短语,如"面如冠玉,唇若涂脂""豹头环眼,燕颔虎须"等,使人物形象鲜明生动。动作描写与语言相结合,如张飞"厉声言曰"、关羽"推车入店",寥寥数笔便使人物跃然纸上。

"桃园三结义"已成为中国文化的重要符号，衍生出诸多歇后语、戏曲、绘画等艺术形式。刘、关、张三人在此确立的经典形象，深刻影响了后世文学、影视作品的创作。

◇◇◇◇◇◇◇◇◇◇◇◇◇◇◇◇◇◇◇◇◇◇◇◇◇◇◇◇◇◇◇◇◇◇

快问快答

1. 刘备的身高是多少？
2. 刘备的祖先是谁？
3. 刘备曾经靠卖什么为生？
4. 关羽因何事逃难江湖？
5. 桃园三结义的祭品是什么？
6. 三人结拜的誓言中最重要的一句是？
7. 关羽的武器是什么？